JN240971

私の灯

伊織君へ

さてさて　皆々さま

大分合同新聞社から「灯」の執筆のお話があったのは、２０１０年の春のことです。うーん、文字数５４０字以内のコラムか。コラムを書くのはエッセーよりむずかしいと聞いたことがある。それに「灯」といえば、伝統あるコラムだ。これまでの、そして今の執筆陣も、各界の名だたる御仁ばかり。それに対して、こちらは無位無冠、「ただただ言葉や文章が好き」の、一介の素人物書きに過ぎない。そういうオレが、多数の読者の皆さまに「これなど、いかがでございましょう」とご披露するコラムが書けるのか。まぎれ込んだ異物に終始するのではないか。などと沈思黙考すること数日、「行く水と過ぐるよはひ」（伊勢物語）には逆らわない私、「ええい、ままよ」とばかりに、お引き受けした次第であります。

それから１３年余、私、徳永純二が綴った「灯」が本書であります。

「灯」は、掲載して１０日ほどすると、次の原稿依頼が届きます。締め切りは2週間後、掲載はその１０日後あたりでしょうか。

テーマは自由です。私は原稿依頼があったその時点で考えます。1日か2日で決まります。それからテーマに沿って、わが内なる思いや経験を、浮かぶがままに列挙します。ブレインストーミングの要領です。図書館を訪ねたり、ネット検索することもあります。おおよそ出尽くしたところで、取捨選択し並べてみます。これが先、次はあれなどと骨組みを作ります。

おおよその骨組みができると、粗原稿を書きます。実は、ここからが大変。粗原稿はたいってい2、3倍の分量になっています。で、内容を削り、また削り、テーマに沿った内容になるよう組みかえ、また組みかえ、まとめていきます。あらましが収まったところで、次に言葉探しです。分かりやすいか、心地よいか、ホントに私の言葉か。そして、いよいよその言葉を使って文章にします。ここで大事にすること。よどみなく読めるか。テンポがあるか。

毎回、こうやって書き綴ってまいりましたが、一言で言えば、楽しい仕事でした。回を重ねるうちに、読者の皆さまが読んでくださっていると実感するようになりました。中には、お便りや電話で、時には直接に、感想などを寄せていただきました。ありがたいことです。

では、なぜ、2023年で「灯」の執筆を終えたのか？

テーマが尽きたか。それは、ないです。言葉を探し、文章を綴るのが億劫になったか。それも、ないです。これも、一言で申しあげます。「老人の美学」を発揮したかった、のです。

筒井康隆の「虚航船団」の冒頭に「そんな必要はまったくないにかかわらずそのまったくない必要以上に彼は自分をスマートに見せかける努力を怠らなかったからだ」という表現があります。これが、私の心境に、そっくりそのままです。ちなみに、筒井康隆には「老人の美学」というエッセイ集もあります。

さてさて、いささか唐突ではありましたが、「灯」の読者に深謝、「灯」の編集部に多謝しつつ、「灯」の筆を置かせていただいた次第であります。

徳永純二

目次

本書は、改行、数字の表記等、掲載時の文章と異なっています。

私の灯

時には一人旅

「灯」愛読者の皆さま、こんにちは。臼杵市在住、A型、獅子座、巳年生まれの新参者でありまます。そこいらのおっさん目線で、身辺のあれやこれやをつづってまいります。軟らかからず、硬からず、ゆるりとまいります。

さて、初回は一人旅についてであります。私は自分流に、旅と旅行とツアーを区別しております。一人で出掛けるのを旅、カミさんや家族が一緒だと旅行、だれかが企画したものに参加するのがツアーというわけです。

まあ、自分の日常から離れるということに変わりはなく、いずれもルンルンに楽しいのであります。でありますが、私が時々無性に出掛けたくなるのが一人旅であります。

なに、流れ流れの漂泊の旅といった大仰なものではありません。1泊2日のことも、日帰りのことも、時にはこれまで通ったことがないわが町の路地を数時間散策することもあります。これだって立派な旅であります。

普段いない場所に、一人でいる。いつの間にやら来し方、行く末を思いやっておる自分がいる。

おお、これぞホンマモンの自分や。かっこいいぞ、俺!

そんなこんなの私の愛唱歌は「遠くへ行きたい」（永六輔・中村八大・ジェリー藤尾・1962年）。わが青春の歌であります。

（2010・6・21）

町のミドリ度

どこかの町を歩くとき、私がまず注目するのが「町のミドリ度」であります。

ミドリ度？

何じゃそりゃ？　ご存じないのもごもっとも。私の造語です。

ミドリとは植物、それも野や山の植物ではなく、町行く人の目に入る木や花のことです。

それぞれの家の玄関先に置かれたプランターや植木鉢、時には縁の欠けた甕（かめ）に、パンジーやサルビア、朝顔などの花々、カポックやアロエなどの観葉植物。

こういう木や花が町に占める割合が「町のミドリ度」です。いま、どこに行っても日本の景色って似たり寄ったりです。豊かさの結果、こうなりました。

ところが、そこにミドリがあると、景色が一変します。住んでいる人の顔が見えてきます。手間暇かけて、ミドリと共同生活をしているというか、支え合っているというか、あったかーい心が伝わってきます。町の中にオアシスあり、って感じ。

私が「エエ町やのぅ」とその町を好きになるのは、実はこんなところからです。

わが町臼杵も、昔ながらの小路のそこかしこに、木や花がミドリヨリドリで、「町のミドリ度」が高うございます。

ただ、ちらほらとシャッターが下りたままの店があり、そのたんびにミドリが途切れるのが気になりますが…。

（２０１０・７・２２）

これってなんなんだろう

「臼杵にも映画館が4館ありましたよね」

「そうだったねえ」

ある居酒屋での、ちょっと年下のマスターと私の会話。

カウンターに居合わせた映画好きの若者たち。口々に「ウッソー」「マジ?」「信じられねえ」

「ホントだよ。盆、正月には立ち見客でギッチギチ。ドアが開けられんかったこともある。映画館が膨らんじょった」

「高校の期末試験が終わった日なんか、館内がその学校の制服一色になったなあ」

「2本立て、3本立てだったでしょ。だから、週に1回としても、年間100本以上は見ていた勘定になりますよね」

「私は、その2倍か、3倍」

若者たちが向こうで話しています。

「見たい映画があっても大分まで行かなきゃならんし、気が付いたら終わってた、ってこともあるし」「DVDを借りて見ればいいじゃん」「でも、映画って映画館で見るもんじゃろ」

「ああ、映画館があればなあ」

マスターが口を挟みます。

「まあ、あのころに比べると、世の中が変わっちしもうたから」

若者の一人がつぶやきました。

「世の中が変わったってことは、生活がよりよい状態になったってことだよね。なのに地方では映画を見られない。これって、なんなんだろう」

私は黙って、ぬるくなったビールを飲み干しました。


（2010・8・21）

漫画を読む

どこかの国の宰相にそういう方がいらっしゃったので、いまさらの感がありますが、私時々、無性に漫画が読みたくなります。

「なに、漫画じゃと？　おまえさん、年はいくつじゃ」

はい。来年、古希を迎えます。

しかし、漫画を読むのに年齢は関係ございませんよ。

漫画は、今では立派な日本の文化の一ジャンルであります。まあまあ、そう目くじらを立てず、あれもよし、これもよし、でまいりましょう。

とにかく、本屋さんに行ってごろうじろ。小説などの文芸コーナーをはるかにしのぐ書棚が並んでおります。ただ、困ったことはビニール掛けされ、めくって見られないので、好きな漫画（家）に出合うまでには多少の時間を要します。

私が漫画に目覚めたのは「カムイ伝」（白土三平）でありました。その後「ブラック・ジャック」（手塚治虫）「ゴルゴ１３」（さいとう・たかお）「同棲時代」（上村一夫）「じゃりン子チエ」（はるき悦巳）などなど。何とも笑止な没我の時間でありますが、紛れもなくわが半生のひとこまであります。

今のお気に入りは「ヒストリエ」（岩明均）「海街ｄｉａｒｙ」（吉田秋生）「深夜食堂」（安倍夜郎）「聖☆おにいさん」（中村光）など。

小説でも映画でも味わえない今様絵物語の世界を楽しんでいます。


（２０１０・９・１８）

声の不法侵入

私、家人が寝静まらないと、ものが書けない性分ですが、興に乗ると明け方までパソコンに向かうこともしばしばであります。で、そんな朝は、軽く食事をし、新聞にざっと目を通し、床に就きます。

その日も、句会に出掛けるカミさんを見送り、午前9時ごろ床に。世間様が働いておるのに申し訳ないこっちゃ、などとウトウト、ムニャムニャいたしておると、突如鳴り響く電話の呼び出し音。あちゃ、留守電にするのを忘れた。子機も枕元にない。致し方なく布団を出て、よろよろと電話機へ。

（ハア、ハア）「もし、もし」

「こちら、お肌がすべすべになると評判の××を…」

「今、家内は出掛けています」

「あ、ご主人さまですね、この××は、女性専用ではございません。殿方もご使用いただければ、全身ツルツルのお肌に…」

「私は、肌も頭も、十分にツルツルです！」（ガチャ！）

ああ。なにやらいらだたしい気分。もう眠れそうにない。おかげでその日は朦朧（もうろう）とした一日に。

こういう一方的な売り込み電話が近ごろ多くなりました。中には無粋にも機械の音声も。

これって立派に声の不法侵入じゃないか。そのたびにムカムカ、カッカの私であります。

病人や体の不自由な人、お年寄りの場合は、なおさら迷惑千万でありましょう。

（2010・10・23）

民生委員を終えて

今月末で民生委員（正確には民生委員・児童委員）を退きます。民生委員は厚生労働大臣から委嘱された地域ボランティアです。２期６年間務めました。

社会福祉など、まるでよその世界のことだった私ですが、その実態や問題点などがおぼろげながら見えてきました。

例えば老人福祉。さまざまな機関による、多様な事業やサービスがあります。しかも、目まぐるしく変わります。これらの情報を収集し、必要とする人に提供することも民生委員の大事な仕事ですが、自分のためにもよい勉強になりました。

地域の人たちとも気軽に挨拶を交わすようになりました。これまでは「オレはここの住民だ」という意識が希薄でしたから、辺りの景色が一変した感じです。

人は目線を同じにすればこちらの心が相手に伝わり、それは必ず自分に返ってくることも知りました。同じ人間同志、という立場に立つことから血の通った奉仕活動が始まります。

民生委員になって気づいたのは、地域がいろいろな人の手によって支えられていることです。

人生に一区切りのみなさん。特に男性諸君。「面倒」「なんでいまさら」「それよりゴルフ」などとおっしゃらず、地域にかかわる活動に参加しましょう。あなたの老後が豊かになります。

（２０１０・１１・２４）

臼杵磨崖仏で年越し

今年も押し詰まってまいりました。今回は私の年越しの話。

「紅白歌合戦」をチラチラ、熱燗（あつかん）をチビチビ、蕎麦（そば）をツルツル。典型的な日本人であります。

そして、いよいよカウントダウンが迫ると「今年もこうして生きておる。ありがたいことじゃ」という感慨がじんわりと込み上げてきます。この気持ちをだれかに伝え、共有したい。

だれに？　まず、わがカミさん。だが口に出して言うにはいささか照れくさい。それにあの人にもこの人にも世話になった。

では、生きていることへの謝意を神様や仏様、そして皆さまにまとめて表そう。

というわけで近くの八坂神社や父母が眠る多福寺へ。年によっては、ちょっと遠出して宇佐神宮や佐伯市弥生の尺間神社、旅行を兼ねて東京や京都の社寺のことも。節操がないようですが、神仏分離以前は神様と仏様はご一緒でした。

この10年ほどは臼杵石仏（国宝臼杵磨崖仏）に出掛けます。除夜の鐘が響く深田の里は、夏の火祭りが再現され、石の仏様が篝火（かがりび）やたいまつに照らし出されて美しく浮かび上がります。

私のお気に入りは山王山石仏の如来様。童顔の仏様に来る年の無事をお願いします。帰りには振る舞いの御神酒や甘酒をいただきます。

臼杵に住んで良かったと実感する年越しです。

（2010・12・28）

良いことは、良いことか

今、あなたは、ある話し合いに参加している、と仮定します。会社や役所、あるいは自治会、ＰＴＡ、趣味の会など、組織は何でもよろしい。あなたもその構成員の一人です。

会の途中、日ごろ活発に活動しているＡさんが発言を求めました。「××を始めたらどうかと思うのですが」

Ａさんは××の良さを滔々と述べたてます。しかし、××がなくとも、これまでさほど不都合はありませんでした。

〈××は、本当に良いことか。それに必要か。人手や出費などの負担が増えそうだが、長続きするだろうか。Ａさんの功名心がチラチラと見え隠れするのも気になる〉と、あなたはあまり気乗りしません。

Ａさんの取り巻き連中は「素晴らしい提案だ」と熱烈支持です。ほかの人たちは押し黙ったままです。「もうちょっとみんなで話し合おうよ」と口を挟む雰囲気ではありません。「じゃあ、どなたの反対もないので」××をするという提案はいとも簡単に決まりました。

こういう、だれかの思い付き的提案による一見、良いことが、十分に論議されないまま（ここが一番の問題！）に実施、てなことが昨今あっちゃこっちゃで目に付きます。

さて、こんな時、あなたは？

（２０１１・２・７）

春の花巡り

英語なんぞ使ってキザでありますが、私には「マイ・フェイバリット」(私のお気に入り)が数多くあります。

音楽や本、絵、映画、居酒屋などから、野球や湯豆腐のトッピングなんてものまで、日常のかなりの時間をこのマイ・フェイバリットに奪われております。

さて今回は、マイ・フェイバリット・オブ・春の花です。

まず、梅の花はわが町郊外の、とあるお宅。春めく里山を背景に庭先の枝垂れ梅が清らかです。

椿は中津小平の法華寺。横穴古墳と籔椿（やぶつばき）の取り合わせが絶妙。紅い椿に囲まれた白い椿も凛々（りり）しく健気（けなげ）です。

六ヶ迫鉱泉に向かう道から臨む白木蓮も見事。満開の大木は、遠目にも華麗な立ち姿です。

津久見の青江ダムは、山桜とソメイヨシノの両方が楽しめます。全山の桜がダムに映り、「これはこれは」の美しさです。

臼杵二王座の香林寺の枝垂れ桜は楚々（そそ）とした花を付けます。歴史の道にふさわしい優美な情緒を漂わせます。

5月初旬は延岡へ。住宅地の家一軒がまるごとバラの王国に。小中高の同級生、川上省三君の丹誠の成果です。

春の花巡りは忙しい。しかし、見頃に出合うには2度、3度と通います。それが盛りが短い花への礼儀であります。

（2011・3・11）

痛み

胆石除去の手術を受けました。おかげ様でその後の経過は順調です。胆石はコレステロール等のかたまりですが、わが体内で見つかったのは3年前です。ところがそのころ、心臓の血管にも不具合を発見。そちらの治療を優先させたため、憎き胆石は居座ったままだったのです。

で、今、なぜ手術に踏み切ったか。それは発症時の痛みのすごさのためです。

実は私、胆石の半年前、尿路結石（こちらはカルシウム等のかたまり）の痛みも経験。内臓に巣くう二大悪石の襲撃は疝痛（せんつう）と呼ばれ、筆舌に尽くしがたい痛みが特徴です。痛みを和らげてくれるなら何でもいたします、と誰にでもひれ伏したい気持ちになります。

痛みを表す言葉はいろいろとありますが、客観的な尺度で測定することは難しいようです。外から見えないからです。

と書いたところで、地震と津波が東北関東を襲いました。被災された皆さんの心の痛みを思うと、胸が締めつけられ、この先の文章が書けませんでした。

辛うじてつづったのは、自分に言い聞かせる言葉でした。

「大丈夫、人間は強いのだ。なぜなら、私たち人間は心の痛みを分かち合うことができるから。その心を合わせて、これまでも幾多の苦難を乗り越えてきたのだ」

（2011・4・12）

みそ汁

わが町臼杵にはカニ醤油、富士甚醤油、フンドーキン醤油と、由緒あるしょうゆ、みそのメーカーが3社あります。

そのためでありましょうか、臼杵の人たちは「しょうゆは○○に限る」「うちのみそは□□じゃ」と、みそやしょうゆにこだわる人が多いようです。かく言うわが家も、各社のみそをブレンドして使っております。

みそと言えばみそ汁。ご飯とともに、日本を支える大きな力です。日本人のパワーの源ここにありです。塩分が濃い？　高血圧？　そんな雑音には惑わされず、ご飯とみそ汁一筋の朝食を私も貫いております。

私たちはホットな食べ物を口にすると、それだけでホッとします。東日本大震災の数日後、避難所で炊き出しの豚汁を口にしたお年寄りが「ああ、生き返ったようじゃ」と思わずもらした一言が忘れられません。見る者も救われるシーンでした。

最近、究極のみそ汁レシピ集を求めました。フンドーキン醤油が創業150周年を記念して監修・発行した「365杯のみそ汁」（発売メディアパル、1000円＋税）です。

定番はもちろん和風、洋風、中華風など、食欲がそそられるみそ汁が満載、どんな食材にも合わせるみその魅力が伝わります。写真を見ているだけでも心が温まる一冊です。

（2011・5・17）

誰がそうした？

いささか古い記事だが本紙1月13日の朝刊に「16～19歳の男性の3分の1がセックスに無関心であったり、嫌悪感を持ち、これが少子化に直結している」とありました。厚生労働省研究班の調査であります。

ある会合で、草食系男子とやらの軟弱さを大層嘆いているおじさんがいたのだが、ちょっと待てよ、と私は思います。

子どもたちを、四六時中、見守っている大人たちよ。なぜこうなったのか、誰がこうしたのかを考えようではないか。

赤ん坊の時から、大人たちが敷いた路線のみを歩ませた覚えはないか。危ないことから遠ざけ、良い子であることしか許さなかったことはないか。反抗せず、言うがままの子に手なずけたことはないか。成長のエネルギーを抑え込んではいないか。

何が起こるか分からない現代、子どもを守ることも必要だろう。しかし、青年期になれば元服させ、大人として扱うのが古今東西、世の習い。これは大人も子供も従わなければならない動物としてのおきてでもあります。

子どもたちよ。独り立ちすることを邪魔する大人たちに構わず、自ら巣立ちせよ。

大人たちよ。危なっかしくとも、未熟でも、我慢強く見守ろうではないか。

ほら、私たちだってそうだったでしょ。

（2011・6・20）

男のロマン

誰にも分かっちゃもらえない。わがままだと言われるかもしれない。だが、おれにはやってみたい夢がある。

そんな夢のあるやつってうらやましい。そして、そんなやつと語り合うのは楽しい。タイトルに「男の」と書いたが、もちろん女性でもいいわけです。

町内の寄り合いで大震災の話になり、「釜石とか気仙沼とか、被災した港がテレビに映ると悲しくなる」と、かつて船乗りだった人が話してくれました。

彼は還暦を過ぎたころから、仕事で寄港した町を車で訪ねているそうだ。

「海から上陸した港町と、陸から入った港町は、ずいぶん違って見える。それに同じ町でも、陸と海では空気の匂いも違うんだ」

実感がこもった言葉です。

いいなあ。港、港の思い出を追っかけて全国を回るなんて。

黄金時代の日活映画が頭をよぎります。ビット(係留柱)に片足乗せたマドロス姿の石原裕次郎や小林旭。赤木圭一郎もカッコよかった。

どんな思い出? なんて訊くのは、やぼってもの。現実は映画やドラマじゃない。もてて、浮かれて、楽しいことばかり、じゃなかっただろう。つらかったことは心の奥の奥に秘めておく。言わぬが花も人生だ。

私にも、彼のような夢がいくつかあったのだが、あれはどこにしまったかなあ。

(2011・7・15)

藤雅三の「破れたズボン」

藤雅三の油絵「破れたズボン」を見たい。できれば新しい県立美術館で。私の夢です。

藤雅三（１８５３〜１９１６）は臼杵出身の画家です。

ズボンを破いた男の子がうなだれて、両親から叱られています。壁際では、犬が少年を心配そうに見やっています。私はこの犬の表情が好きです。藤雅三の人間らしい温かみを感じます。

約１８３センチ×２４４センチの大作。フランスに留学中、１８８８年のサロン（伝統と権威のある美術公募展）に入選した絵です。入選は日本人として２人目。画家としての成功を意味します。

この絵はその後アメリカに渡り、現在ネブラスカ州のジョスリン美術館の所蔵庫で眠っています。彼の油彩画は、ほかには１枚しか見つかっていません。

この絵が入選した年、彼はフランス人女性と、アメリカに移住。陶磁器のデザイナーや出版物の挿絵の世界で活躍します。

彼はアメリカで一生を終えます。近年、研究が進みましたが、彼の生きざまには多くの謎が残ったままです。「なぜ帰国しなかったのか」「なぜ洋画家としての将来を捨て、工芸や装飾美術の道を選んだのか」など。

私は藤雅三をもっと知りたい。そして何よりも、「破れたズボン」をこの目で見たいのです。

手だてはないのでしょうか。

（２０１１・８・１６）

マニュアル車

車検に出して車が使えない日が数日続きました。代車を貸してくれると言われたが、私はマニュアル車しか運転できません。

オートマチック車が天下を取って久しく、今ではすっかりマニュアル車を見かけなくなりました。

「クラッチを踏み込み、ローからセコ、サード、トップに切り替えていく時の、車と体の一体感こそ運転の醍醐味だ」と言うと、「この負け惜しみ野郎」と白い目で見られ、天然記念物、絶滅危惧種並みの扱われ方です。特に旅先でレンタカーを借りられないのは困ります。

それでもオートマに乗りません。運転操作の下手な私は、アクセルとブレーキの踏み間違いを恐れているからです。

警察の法令違反別死亡事故件数の統計では「操作不適」に分類されるのではないかと思われますが、脇見運転に次ぐ数字です。窓ガラスを割って車ごとコンビニに突入した人とか、港から海にダイブした人とか、よく耳にします。

私にも十数年前、細い路地から出て来た車がノーブレーキで私の車の横っ腹に激突、という経験があります。運転していた若い女性によると、一時停止するつもりが、「なぜかアクセルを踏んじゃった」らしいのです。ぶつかる直前、その女性と目が合いました。その時の恐怖の目。

やっぱりマニュアル車です。


（２０１１・９・２１）

活動者会議

「活動者会議」

カットーシャカイギと読みます。カットーはカツドウが転じたもの。カツドウは活動写真の略です。今は昔、映画に行くことを「活動に行く」なんぞと言っておりました。「活動者会議」とは早い話、映画大好き人間の集まりです。

今はなき大分市の喫茶店で、かつての映画少年・少女たちが、往年の名作・話題作を熱く語り合った、というのがきっかけです。

そのうち語るだけじゃ飽き足らず、上映設備のある大分映像センター（トキハ会館南側）にお願いし、映画を観て楽しむ会をホントにつくっちゃったのです。6年前のことです。

第1回は「荒野の決闘」。ジョン・フォード監督、ヘンリー・フォンダ主演、主題歌「いとしのクレメンタイン」。ウットリ&ゾクゾクの1時間40分。おお、これぞ西部劇、これぞ映画。

そして翌月「恐怖の報酬」、さらに「第三の男」と続き、私たちはまたまた映画のとりこになりました。

毎月、第3木曜日の午後5時。毎回、十数人が集まります。映画終了後、希望者は居酒屋に席を移し、「あのシーンは…」「あの俳優は…」などのおしゃべりを楽しみます。

この会は映画好きの方ならどなたでも参加OK。お気軽にお越しください。

（2011年10月24日）

＊この会はコロナ蔓延により休止、その後中止になりました。

おじさんにやさしい店

「おじさんには、おじさんの数だけよい話がある。おじさん同士でよい会話を交わし、人生を楽しもうではないか」（もちろん、おばさんも可）

というわけで、私にはそういうおしゃべりの会がいくつかございます。

気の合う仲間が集まって、一杯傾けながらの数時間。ただおしゃべりをするだけの会ですが、これがなかなかにハッピー＆ハートフル。まさに至福の数時間。

そんな折、難渋いたすのが会場探し。おいしい料理も味わいたい、会話も楽しみたい、しかも静かな場所でゆったりと、となりますと、これがなかなか見つかりません。落ち着いて過ごせる、高齢者にやさしい店が少ないのです。わが町臼杵にはそういう会合に適した店が多いのですが、メンバーは各地からやって来るので、会場は交通至便な大分市中心部で、となります。

「お金を出しなさい。いくらでもあるよ」って？

いえいえ、全員が年金生活者の身。勘定を気にしながらではかえって落ち着きません。

最近では居酒屋もいろいろな面で気を配っておりますが、老人の集まりには若干エネルギーのミスマッチが。

料理はほどほどの品数で結構。過剰なサービスも不要。とにかく欲しいのはくつろいで話ができる場所です。

ぜいたくな望みでしょうか。

（２０１１年１１月２８日）

年末年始は「かやく」

新年おめでとうございます。

さてさて今年一年、天地（あめつち）が鎮まり、生きとし生けるものの毎日が平穏でありますよう願うばかりであります。

　大みそかから三が日にかけて、私は例によって例のごとく、とっくりと杯（さかずき）のお相手をして過ごしました。すっくと立つとっくりと、それに寄り添う杯。その趣、曲線の美しさは見ているだけで飽きません。酒をおかんして杯でいただくのは、世界的に見ると珍しい飲み方だそうです。

　一献、また一献。美酒なり。陶然たり。

　正月の酒の肴といえばおせちですが、私は「かやく」さえあればそれで満足です。

「かやく」はわが町臼杵の郷土料理。かつてはクチナシの実で炊いたご飯（黄飯（おうはん））とペアで作られました。

　水切りした豆腐を油で炒め、拍子木切りの大根とニンジン、ささがきのゴボウ、焼いてほぐしたエソの身を加え、しょうゆ、酒等で味付け。けんちん汁に似ていますが、エソが良い働きをし、さっぱり、かつ上品な味に仕上がります。

　温めるたびに味がよくなる「かやく」は、ご飯のおかずにもぴったり。慌ただしい年末年始に重宝する、すぐれものです。

　おいしい料理と酒を口にできるのも、穏やかな世であればこそ。そのうれしさをつくづく感じた年の初めでありました。

（２０１２年１月６日）

同人誌「航跡」

「あんたはこの『灯』欄で『航跡』同人と名乗っておるようだが、『航跡』とは何ですか」

そうでした。そういえばまだ「航跡」についてご説明しておりませんでした。

「航跡」というのは同人誌であります。

同人誌といえば、現代の若者にとってはコミックマーケット（コミケ）やネットで流通する漫画などの個人誌や合同誌のことですが、かつては小説などの文学作品が中心でした。

その文学系同人誌は、俳句などの短詩系のものを除き激減いたしましたが、ほそぼそと続いているのがわが「航跡」です。

１９８４年の創刊。６月と１１月の年２回発行。次号で５２号になります。小説、エッセー、書評などが中心。広告を取らず、費用は同人の数で割ります。

私はこの「航跡」に発刊時から短い小説や自由律俳句を書いています。私の作品など中学生の作文程度でありますが、脳細胞のリフレッシュに少しは役立つかなと思い続けております。

が、「航跡」からは、地方史の研究や長編、短編の小説など、単行本となって、高い評価を得た作品も誕生しております。

この「航跡」も寄る年波には勝てず、十数人いた同人も今や７人。ページ数も減りました。

終刊という事態に立ち至れば、私の肩書きはどうなるのでしょうか。

（２０１２年２月８日）

花の臼杵警察署

臼杵警察署は大分県で一番美しい警察署だ、と私は思っております（ほかは知りませんが）。

それは臼杵警察署が花いっぱいの警察署だからです。パンジー、桜草、葉ボタンなど、玄関先のプランターに咲く四季折々の花や観葉植物たち。建物の壁際にも並んでいます。人々を優しくする風情を感じます。

高低や色彩に工夫をこらし、見栄えよく配置。一年中、途切れることがありません。こまめに手を入れているのでしょう、いつ見ても生き生きしています。

だれが面倒をみておるのであろうか。ひそかに探索いたしておりましたところ、最近、現場で作業をしている本人を発見。

なんと、私の知人でした。

庄司フサエさん。８１歳。ご主人とご一緒でした。

「家で育て、見ごろになると運んで来ます」

「１２年になります」

「きっかけは臼杵の町を花いっぱいにしてオランダ皇太子をお迎えした時、警察署の前が寂しかったので」

「種を植えることもあるが、ほとんど苗を買います」

「お金は私の年金から」

誰からも強制されない、地道で目立たない奉仕活動です。こういう奉仕の心が、私たちの日常にゆとりを与えてくれているのだと思うとうれしくなります。

今、一番必要な心です。

（２０１２年３月１４日）

映画監督曽根中生

昨年8月24日の大分合同新聞夕刊に「臼杵にいた伝説の監督」という見出しでセンセーショナルに紹介された曽根中生(ちゅうせい)さん。

監督作品「博多っ子純情」が湯布院映画祭で上映されることがきっかけで、わが町臼杵に住んでいることがわかりました。

映画界からこつぜんと姿を消し、死亡したといううわさも流れた曽根さんは、沈黙を破り映画祭に登場、熱く迎えられました。

その曽根さんと私は、たまたまなじみの喫茶店が同じということから、お話をする機会がありました。ジーンズと野球帽の似合う、やさしいおじさんでした。波瀾万丈の人生を感じさせないソフトな語り口ですが、一語一語に味わいがあります。

日活入社後、日活がロマンポルノ路線に転ずるなかで監督デビュー。鈴木清順監督作品の脚本集団などを経て、1970年〜80年代に多くの作品を手がけます。「嗚呼(ああ)!花の応援団」シリーズも大ヒット。その後、映画会社を設立するも倒産。なんだかんだあって、二十数年前臼杵に。

その曽根さんが、がれきの処理装置に取り組んでいると報じられました(3月28日付夕刊)。

臼杵はかつての突きん棒漁で東北とは縁の深い町。東北で学生時代を過ごした曽根さんの「臼杵なくして私の人生はない」という言葉が重なりました。

(2012年4月17日)

患者の心

　４月に心臓の検査を受けたところ、冠状動脈に狭窄（きょうさく）が見つかり入院しました。心臓の検査や治療で入院するのは7度目です。

　私の治療を担当してくださったのは院長先生と副院長先生（女性）。全身麻酔ではないので、一部始終が耳に入ります。むずかしい医学用語は分かりませんが、両先生の絶妙のコンビネーションと、大勢のスタッフの息の合ったやりとりで、手術台で緊張していた私の心も次第にほぐれ、お任せ状態に。無事ステント挿入の治療を終えました。

　２０年ほど前、ある病院から別の病院に救急車で搬送されたことがあります。その時付き添ってくださった若い先生と看護師さんが「私たちが付いていています。心配しないで」と声を掛け、時折手をさすってくれました。死の恐怖が消え「俺、死なないですむ」と確信しました。

　現在私の掛かりつけは臼杵のお医者様です。その前は津久見や大分の先生でした。共通するのは、私の言うことをよく聞いてくださることです。先生が自分の言葉に耳を傾けてくれる、これだけで不安が和らぎます。

　患者は、患部は医学にゆだねますが、その前に自分の心をお医者様に預けたいのです。

　軟弱者の私が７０年も生き永らえたのも、こういうお医者様に巡り合えたからです。


（２０１２年5月２１日）

家庭内裸族

今年もまた、日本の夏がやってきました。むんむん、むしむしが苦手な私は、この時季になると家庭内裸族に変身します。

といって、せいぜい上半身裸、半パン姿です。が、これがなんとも爽快かつ快適。有史以前の縄文人、はたまたアマゾンに暮らす人々のように、人の目にとらわれず、自由で気ままに生きる気分を満喫しております。

かの福沢諭吉も、大阪（当時大坂）の緒方洪庵塾の書生だったころ、「夏は真実の裸体、褌も襦袢も何もない真裸体」で過ごしたことがあると「福翁自伝」に書いております。

ただ、来客には注意を要します。「はーい」とばかりにそのまま玄関に飛び出すと、相手に迷惑をかけるは必定。よって、Tシャツや長ズボンを家の中のあちこちに配置しております。

カミさんにも「これぞ究極のクールビズだ。一緒に社会に貢献しよう」と誘っておりますが、こればかりは応じてもらえません。

昔、といっても私が子どもだったころの夏の風物詩は夕涼み。一日の仕事を終えたおじさんやおばさんたちは、人の目なんぞ気にせず、これ以上はヤバイという超軽装でした。世間に人情とぬくもりがあった時代です。

ふんどしのいろさま〴〵や夕すゞみ　子規

（2012年6月19日）

うすき竹宵

少し早いがうすき竹宵（たけよひ）の話。

「臼杵にも竹ぼんぼりの催し物がありましたね」

「ああ、うすき竹宵ね。竹を使った催し物としては県内で一番古いよ」

「えっ。竹田か、日田じゃないんですか」

これ、大分市の友人と交わした会話です。

臼杵市民は質素倹約型でシャイ。だからほかの町のように、あの手この手を使った華美な宣伝は苦手です。その分、アピール度も低いのでしょう。

それはそれで臼杵らしくていいと思います。

私が心配するのは、「だから、竹ぼんぼりは、ほかの町にまかせておけ」という気配を感じたことです。

私はイベントと祭りを区別しています。イベントは町を売り出したり、利得のためのもの。祭りは住民の手で支えられ、伝統行事として次代に受け継いでいく文化遺産です。うすき竹宵をイベントから市民総参加型の祭りへ。今が正念場です。

昨年、前述の大分市の友人をうすき竹宵に招きました。

「竹のオブジェがすばらしい！　城下町の風情にぴったりだ。この竹の祝祭が全国に広まるといいですね」

日本のあの町この町で、臼杵発の竹ぼんぼりがともされる。考えるだけでわくわくします。

今年は１１月３・４日です。

（２０１２年７月２５日）

確率

「灯」欄の初回で「臼杵市在住、A型、獅子座、巳年生まれ」と自己紹介をしたところ、同じ臼杵の男性Sさんから「一回り下ですが、実は私もA型、獅子座、巳年です」と言われました。

これはこれは、敵地で友軍に出会った気分です。

が、これってどのくらいの確率なのでしょう。

確率をいうには基本となる集団が必要ですが、これを臼杵市民とすると、臼杵市の男の割合は47％。日本人の血液型のうちA型は39％。星座と十二支は単純に12分の1で計算。さて、この条件に合う人の確率は？（ここからは数学教師の友人の助けをかりて）

その確率は0・13％だそうです。臼杵の人口が4万649人（7月1日現在）だから、これを掛けると53人。うーん、結構多い。

Sさんからさらにお話を伺うと、うまい料理と日本酒が大好きで、健康のためにダンベル体操をやっておることも判明。何とこれも私とぴったり。ここまで条件が重なると、確率はかなり低くなるはずです。

このことが分かって、Sさんとのご縁が深まりました。

考えてみれば、確率の数字にかかわらず、人と人は何らかの共通点があり、どこかでつながっています。このことを忘れないようにすれば、世の争いごとも減るんじゃないかなあ。

（2012年9月6日）

臼杵のビューポイント

　私はどこかの町を訪ねると、自分の好みの景色を探します。これはという、自分だけの眺めに出合うと、それだけでその町が好きになり、忘れません。

　わが町臼杵の代表的な景観といえば、二王座歴史の道であります。ほとんどのガイドブックに紹介されております。

　ところが、「ここからの眺めもすばらしいよ」というビューポイントが、臼杵の町にはたくさんあります。

　私のお薦めの一つは、福良天満宮からの眺望です。この神社の境内は、「男はつらいよ」のロケで使われ有名になりました。市街地から上臼杵（かみうすき）駅に向かう途中の三重塔（龍原寺）から、歩いて２分ほどの所に上り口の石段があります。

　展望台に立つと、臼杵城址が遠望できます。本丸に三層四階の天守がそびえていた頃の眺めは、さぞかし絶景だったことでしょう。

　眼下には臼杵川が流れています。そして、城址と臼杵川に挟まれるように、かつての城下町の家並みが広がっています。多くの寺の大屋根が目立ちます。ぎゅっと詰め合わされたような町ですが、これも景観の一つです。そこに住む人たちの息づかいが感じられます。大友宗麟以来の臼杵の歴史がぐっと迫ってきます。

　みんなで集まって、お気に入りのビューポイントを出し合ってみるのも面白いと思います。レディーメードではない景観マップができるかもしれません。

（２０１２年１０月５日）

物がなくなる！

いささかみみっちい話ですが、ここのところ家で使う消耗品の減り具合が気になって仕方がありません。

家庭内には、トイレットペーパー、ごみ袋、ティッシュ、洗剤、せっけんなど、使うにつれてなくなっていく品物がたくさんあります。

それらがどんどんなくなっていくのです。あれを買い足せば、これがほとんどない、という状況におどおど、おたおたいたしておるのです。

私のヘア用品、つまりシャンプー&リンス、ヘアトニック&ヘアクリームなど、私の毛髪の量からすれば、ひとたび購入すれば、ほぼ永遠にあると思われるのに、数カ月もせぬうちにプッシュしても中身が出てこないという事態に立ち至るのです。

私の家のどこかに、だれかがひそんでいるのではないか。あるいは、何者かが侵入し、持ち去っているのではないか。

たまりかねた私は、友人たちとの語らいに、この話題を持ち出しました。ある友人の答は、実に簡単でありました。

「そりゃ、あんたの貧乏性からくる被害妄想じゃ」

老人特有の症状だそうです。これから先も、お金や人、世間など、妄想の種類も程度も拡大するそうです。

その、行き着く先は？

いやあ、なんとも怖い話です。食い止める手だてはあるのでしょうか。


（２０１２年１１月２日）

私の「今年の漢字」

全国から公募し、12月12日に京都・清水寺で発表する「今年の漢字」。その年の世相を漢字1字で表すというものですが、「新語・流行語大賞」とともに、すっかり年末恒例の行事となりました。今年は、はたしてどんな漢字でしょうか。

日本漢字能力検定協会が「今年の漢字」を始めたのが1995年。この年の漢字は「震」。阪神大震災の年でした。昨年は記憶も新しい「絆」であります。

私も、毎年、わが身の1年を漢字1字で思い巡らしておりますが、どうも今年は明るい文字が浮かんできません。

春と秋に手術をいたしましたので「術」。しかし、大手術というほどではなかったので、これはボツ。

無理矢理に良いことを探して「賞」。「第1回全国自由律句大会」でNHK山口放送局長賞を頂いたのですが、これも大賞ではなかったので、ボツ。

どうやら「別」に落ち着きそうです。カミさんの叔父上ご夫婦をはじめ、多くの方々との別れがありました。中でも、4月に高校の古希同窓会で会ったばかりの友人たちが、相次いで4人も逝ってしまいました。同窓生の訃報ほどショッキングなことはありません。

「灯」読者の皆さまの「今年の漢字」はいかがでしょうか。

ちなみに私の望む漢字は「酒」か「酔」であります。これは毎年でもいいなあ。

（2012年12月4日）

街のコンサート

それがなくても暮らせるが、身近にあったらいいと思うもの。それがあると心が癒やされ、幸せな気分にさせてくれるもの。今回は、そんな音楽会のお話です。

わが町臼杵の「サーラ・デ・うすき」で開かれる「街のコンサート」は、音楽好きが集まって開く手作りの小さな音楽会です。毎月1回、日曜日の午後、7年以上も続いているそうです。

昨年の12月16日、86回目のコンサートを聴きました。ハーモニカやギター、マンドリン、尺八の演奏など。日ごろの熱心な練習が伝わってくる音色です。クリスマスソングのほか「下町の太陽」や「荒城の月」など、親しみやすい曲も多く、1時間というのも疲れない時間です。

音楽会というとオーバーな演出で、聴く側が緊張を強いられることが間々ありますが、それを感じないので気楽に楽しめます。

終わって会場を出るとき、すてきな人と会って良い会話を交わした後のような心地よさに包まれました。

楽器を奏で、それをみんなで楽しむ。こういう文化活動を長く続けることは大変難しいことです。その中で、この「街のコンサート」は、今や臼杵の文化行事としてすっかり根を下ろしたと言っていいでしょう。

次回は今月27日（日）の午後1時30分から。天気が良かったら、久しぶりに臼杵の街歩きもいいなあ。

（2013年1月12日）

巧言令色なんとやら

近ごろ弁舌爽やかな方が多うございまして政、財、官、学はいうに及ばず芸能界に至るまで、いろんな方がいろんな場でいろんなことをおっしゃいます。

いやあ、皆さま、立派なお考えをとうとうと述べておられるので、思わず聞きほれてしまいます。

が、なんかこちらの心にまっすぐに届いてこないと感じるのは、私だけでありましょうか。ついつい「それって、あなたの本心？」「その言葉に、あなたは最後まで責任を持つ？」などと聞き返したくなります。

言葉というものはその場で消えていくものではなく、また相手を言い負かせばそれで終わり、というものではありません。自分の言葉がどう具体化しているか、発言した人はちゃんと見届けなければなりません。場合によっては修正し、取り消す勇気も必要です。

これまでも、天下国家、国民のためと言いながら、実は見えないところで甘い蜜を吸っていたという不届きなやからがいたことは、誰もが承知しております。

それに最近「巨額な財政赤字国日本が危ない」などとあおり立てる方がいますが、誰に向かって言っておるのでありましょうか。ひたすら働いてきた私たちには身に覚えがないのです。

さてさて、不良老人のつまらぬ世まい言を申し上げましたが、ちなみに今の私のモットーは「不言実行」と「沈黙は金」であります。

（２０１３年２月１９日）

「老人が、つぶや句」

昨年の暮れに、文庫版の小さな句集「老人が、つぶや句」を出版しました。五七五や季語にこだわらない自由律句と、老人の日常の喜怒哀楽をつづった短文を書き連ねたものです。

図らずも本紙の「東西南北」（1月7日付）で取り上げていただいたこともあって、これまで句集など手に取ったことのなかった皆さまも読んでくださっているようで、ありがたいことです。

〈旅に酔いちあきなおみを口ずさむ〉〈死に急ぐこともないわな萩の道〉などの句は、「その気持ち、分かるよ」「そういえば、そうだよなあ」などと共感してくださり、スムーズに受け入れていただいているようで安堵（あんど）いたしております。

〈まあるいおっぱいがぼくの命を呼んでいる〉という句は、「なんと下品な」と顔をしかめる方やニヤリとする方がいらっしゃる一方で、「これって平塚らいてうの『元始、女性は太陽であった』だね」と言及した方や、太陽神としての天照大神にまで思いをはせてくださった方もいて、生きとし生けるものの命の根源をたたえたかった私としては、まさに作者冥利（みょうり）、「まあるいおっぱい」万歳であります。

作る側の私も自由、読んでくださる方の思いも自由。これが自由律句です。

句集には、わが町臼杵で詠んだ春の句も。

石人を回って風流すみれ草

石人とは、臼杵の古墳を守る、2基の石の武人像です。

（2013年3月23日）

働くということ

コンビニエンスストアのショウちゃんは働き者です。私より五つ年上の７６歳です。

駅前のホテルのヒデ坊も働き者です。ヒデ坊は私と同い年です。

ショウちゃんにもヒデ坊にも立派な後継ぎ息子がいて、左うちわでいられるのに、いつ見ても、本業の客の応対や配達、送迎のほか、掃除や片付けなどをして忙しく働いています。

２人を見るたびに小学生のころ、ある先生が授業で「日本は国土も狭く、資源も乏しい。だから働くことで国を支えるのだ」と力説していたことを思い出します。

この思いは、国中のだれにもあったと思います。働かなければ食べていけないこともありましたが、とにかく私たちは働きました。愚痴をこぼしながらも、働くことはちっとも嫌ではありませんでしたし、仕事を終えたときは達成感や充実感がありました。その結果、今の日本がある、と私は自負しています。

今、働くことはどうなのでしょう。ショウちゃんやヒデ坊、かつての私たちのように、自分に納得して働いているのでしょうか。

「パワハラ」「追い出し部屋」「雇い止め」などという言葉を耳にするたびに、人間性と働くことが懸け離れているのではないか、国中がコンピュータの「効率」に振り回されているのではないかと心配です。

働くことに喜びと希望を持てない国は滅びてしまうのではないかと心配です。

（２０１３年４月２４日）

滞在型で温泉を楽しむ

「おんせん県」の商標登録に待ったがかかったようです。しかし、使ってはならないというわけではありません。みんなで大いに使って全国にアピールしましょう。私もこれからは、県外の会合の自己紹介では「おんせん県から来ました」でいきます。

さて、ここで「おんせん県民」として提案を一つ。

私は温泉というと、昔、母親に連れて行かれた別府温泉での湯治を思い出します。１０日、半月と長期間の滞在でした。子どもの私には退屈でしたが、大人たちは食べ物を持ち寄っておしゃべりをしたりして、オープンな入湯生活を満喫しておりました。鉄輪ではそういう宿が今も繁盛しているとか。結構なことです。

が、今は個室型の宿泊施設を望む人が多いと思います。温泉と、長くいても圧迫感を感じないくつろげる部屋があること。ベッド、温水洗浄便座、レンジ、それから、眺めのいい窓。

車を使わない人にも便利なように、駅かバス停の近くがいい。宿を拠点に温泉巡りや町の散策。一日かけてちょっと遠出も。食事は食堂や居酒屋に出掛けるもよし、近くの店で総菜を買うもよし。生活しながらの滞在になるので、他の施設や店にも波及効果があるはずです。

日本の観光で一番欲しいのは滞在型の宿泊施設です。「おんせん県」にはこれが一番似合うと思うのですが。

（２０１３年５月３１日）

富士五湖巡り

富士山が世界文化遺産に登録されました。

富士山といえば、富士五湖を車で巡ったことがあります。１９８５（昭和６０）年の春です。前年発行された五千円札を見ていて、本栖湖の北岸から見た逆さ富士の見事さに急に思い立ったのです。

「この場所に立って、富士山を見たい」

で、その週末、朝一番の飛行機に乗りました。レンタカーを借り、午後には、写真が撮られたという場所に着きました。

目の前には雪化粧をした富士山が完璧な姿でたたずんでいます。形容する言葉が出てきません。ただただ見つめ、見とれ、見ほれていました。

何十分かすると、富士山の表情が変わりました。そして、車を少し移動させると、そこにはまたちがった姿が現れました。私はいつの間にか本栖湖を一周していました。

すっかり俗界を忘れ、陶然たる私。

「富士五湖の全部を回って、富士山を見尽くそう」

それから精進湖、西湖を巡り、河口湖畔に宿をとり、翌日は早朝から河口湖と山中湖を回りました。

それぞれの湖から、それぞれの富士山に対面しました。

圧倒的な存在感ですが、威圧感がありません。凛（りん）として睥睨（へいげい）せず、です。

やはり、♪富士は日本一の山、でした。

数カ月分の小遣いを使いましたが、私には忘れられない旅になりました。

（２０１３年７月５日）

山内流

学校にプールがなかったころ、泳げる子どもの割合は臼杵が群を抜いていたと思います。それは山内流のおかげです。

山内流は江戸時代から続く日本泳法です。武士の水練として行われていましたが、明治以降は広く町民を対象とした町営の「游泳所」となり、臼杵の伝統文化として今に伝わっています。

游泳所は夏休み前半の20日間開かれます。現在は中津浦ですが、私が通った60年前は町から数キロ離れた水ケ浦でした。500人余りの小学生や中高生が歩いて往復しました。

小学3年生（現在は2年生）になったら入所できます。まずは丙組からスタート。合格すると乙組、甲組、高等科に進み、伝統的な游泳術を学びます。

私たちのころは、男は六尺ふんどしでした。初めは泳いでいるうちに解けそうになりましたが、だんだんきりりと締められるようになります。

最終日、8月10日は游泳大会。

かつては大勢の人たちが見物にやってきました。水書や大旗振り、弓術などの妙技が披露され、フィナーレは渡海です。女性は花傘、男性は旗を持ち海を渡ります。花傘は高いものは10段、墨痕鮮やかな文字が大書された旗は10畳敷き以上の物もありました。華麗で勇壮な海の絵巻です。

私は2年間でしたが、兄や姉たちは上級に進みました。きょうだい全員が山内流。今でも誇らしい気持ちです。

（2013年8月6日）

感じすぎる

このところの私、耳や鼻、舌、そして皮膚の感覚がおかしくなっています。

感じすぎるのです。

まず、テレビの音です。特にバラエティー番組とコマーシャル。タレントの早口で甲高い声、ばか笑いにいら立ちと腹立ちで血圧が急上昇。といって、「笑点」や「探偵！ナイトスクープ」のファンだし、「白戸家のお父さん犬」や「宇宙人ジョーンズ」もお気に入り。で、録画して見たい部分を音量調節しながら見ています。

二つ目は、においです。魚を焼くにおい、焼き肉のにおい、揚げ物のにおいなど。そして、そのにおいを消すための消臭剤のにおいもだめ。これらが皮膚や衣服に染み込むと気になって落ち着きません。そのくせ、私は焼き魚も焼き肉も揚げ物も大好き。好物か、においか。悩ましい毎日です。

三つ目は、塩分。中でもお店で売られている弁当や総菜、食べ物屋さんの料理が塩辛いと、泣きだしたい気分になります。辛すぎる食べ物は後戻りできません。濃い味付けを好む人には調味料を添えるなどの工夫をして、ちょっと控えめを基準にして欲しいと思います。

最後に、日光（紫外線）。油断すると顔がむずがゆく真っ赤に。「あいつ、昼間から酒を飲んどるぞ」状態に。外出時には日焼け止めクリームが欠かせません。

これらの過敏症状の一方で、思考と運動の能力は鈍るばかりです。ああ。

（2013年9月10日）

スズカケの下ノ江小学校

今年の夏、臼杵のケーブルテレビを見ていたら、「すずかけ祭り」という催し物が放映されていました。臼杵市下ノ江小学校のＰＴＡと地区の皆さんが、子どもたちと夏休みの一日を楽しむ行事です。

その画面で目を奪われたのは、中庭にそびえるスズカケでした。美しく、りりしい大樹です。

早速、休日に見に行きました。幹の胴回りは、私とカミさんが両手を広げてもかなり足りません。２階建て校舎の屋根よりはるかに高く伸びています。

スズカケは別名をプラタナス。生長すると枝を広げ、大きな木陰をつくります。この木陰から運ばれる爽やかな風が、校舎を優しく包んでいる感じです。訪れたとき、女の子が２人、木の下で寝転んで遊んでいました。絵になる景色です。

学校にはクスノキやイチョウ、ケヤキなど、シンボルツリーが似合います。桜並木に囲まれた運動場もいい。子どもたちの思い出の中に刻み込まれる木です。

街路樹としてのスズカケは減っているそうです。秋の終わりに大きな葉っぱを落とすからでしょう。その意味でも、スズカケを大事に育て、守った下ノ江小学校に拍手を送りたい。

すずかけ祭りのフィナーレは老若そろっての盆踊りでした。どうやらこのスズカケは子どもたちばかりではなく、地区のみなさんも見守っているようです。

（２０１３年１０月１２日）

笹沢信著「藤沢周平伝」

本紙10月27日の読書欄でも紹介されましたが、笹沢信著「藤沢周平伝」（白水社）という本が出版されました。売れ行きも好調なようです。

笹沢信はペンネームです。本名は齋藤暹（のぼる）。彼は中学、高校を臼杵で過ごしました。私は臼杵高校時代に同級生でした。卒業アルバムを見ると、同じ文芸同好会に所属しています。写真の彼は遠くを見つめています。視線の先に文学への志を感じます。

彼はその後、山形大学を出て山形新聞社に入社。一方で、歴史エッセイや小説を発表するなど、精力的に執筆活動を行います。

昨年、井上ひさしの評伝「ひさし伝」（新潮社）を出しました。500ページの労作です。今回の「藤沢周平伝」も力作です。井上ひさしも藤沢周平も山形出身。ふるさと山形の視点から、作家と作品にアプローチする姿勢を貫いています。

評伝は記述に誤りが許されません。作品を徹底的に読み込み、資料の収集や研究、現地への取材も必要です。「藤沢周平伝」も行間にまで笹沢信の熱い足跡を感じます。

しかし、彼の筆遣いは終始誠実かつ端正です。読みながら、高校時代の齋藤暹を思い出し、うなずいています。

巻末の年譜や索引も丁寧です。藤沢周平の作品に親しんでいる人にも、これから読もうという人にも一読の価値のある一冊です。

（2013年11月15日）

ダイダイ

私、酒飲みです。

酒飲みは季節の移ろいに敏感です。それはその時季のうまいものを酒のさかなに杯（さかずき）を傾けたいからです。春夏秋冬の、陸の味、海の味を楽しみたいからです。

で、暮れも押し詰まるころになると、私はあるものを待ち焦がれるようになります。

それはダイダイです。

カボスやユズが盛りを過ぎたころの短い期間に姿を現すかんきつ類。橙（だいだい）色というより黄金色の実。自己主張もしないが妥協もしない、甘酸っぱい味と香り。ああ、思い描くだけで、口の中が幸せになります。

私は、なまこや酢がきはダイダイでいただきます。この時季まで、我慢して待ちます。水炊きやちり鍋も、です。

以前にくらべて、畑や庭でダイダイを見掛けることが少なくなりました。そんな貴重なダイダイを、毎年届けてくださる方がいます。ありがたいことです。

いただいた一つは鏡餅のお飾りにします。ダイダイは実を取らずにおくと数年は落果せず、しかも春には緑色に戻り、秋になるとまた黄金色に色付くとか。「代々」に通じ、おめでたい実なのです。

「はて、今日はなまこにするか、それともかきか」

ダイダイの料理に合うのはやはり日本酒。しかも、ぬるめの燗（かん）がいい。

今年もほろ酔いの年末年始になりそうです。

（２０１３年１２月１６日）

早春賦

春は名のみの風の寒さや
谷の鶯歌は思えど
時にあらずと声も立てず
時にあらずと声も立てず

大気にわずかな春を感じる時季になると、どこからかこの歌が流れてきます。1913年発表の歌なのに聞くたびに懐かしく、すがすがしい気分になります。

臼杵出身の吉丸一昌が作詞した「早春賦」です。3番までありますが、簡単そうで難しい歌詞です。でも何度も読み返すと、春を待ちわびる思いと、春は必ずやって来るという希望を感じます。

この歌、昨秋公開された映画「ペコロスの母に会いに行く」の大事な場面で登場します。原作は長崎在住の岡野雄一のエッセー漫画。監督は86歳の巨匠、森崎東。認知症の母みつえと息子をユーモラスに、優しく、いとおしく描いたお話です。監督自身も認知症と闘いながらの撮影だったそうです。

貧しくて学校に行けなかったみつえが友達と女学校の窓越しに合唱を聴くシーンや、ランタンフェスティバルの夜、眼鏡橋の上でみつえが口ずさむシーンなどで早春賦は歌われます。

なぜ早春賦なのか。

「ペコロス」は単に認知症がテーマではありません、人が生きることの尊さが主題です。早春賦はみつえの記憶に刻み込まれ生きる力となり、最後まで心に寄り添いました。

「記憶を呼び覚ます力は愛である」という監督の言葉と重なります。（2014年1月25日）

ホンモノを知る

硬式野球のボールに触ったことがありますか。

私が初めて触ったのは、高校1年でした。野球部の同級生がほころんだボールを休み時間に教室で縫っていたのです。ちょっと握らせてもらいました。その硬さ、重さは、子どものころゴムボールで草野球に興じていた私の想像をはるかに超えたものでした。

私もそれなりに野球少年で、巨人軍の川上哲治選手のファンでしたが、あらためてこんなすごい球を投げ、バットで立ち向かい、打球を追う野球選手に敬意を払ったものです。もちろん野球部の同級生も見直しました。

大人になって、女子ソフトボール部のピッチャーが投げた球を打ったことがあります。速い！　身の危険さえ感じました。結果は三球三振。

「ホンモノはすごいなあ」と実感する時です。テレビやネットの映像では分からないものです。

スポーツばかりではありません。それぞれの世界には、それぞれのホンモノの人や物が存在します。そういうホンモノを知ることで、私たちの人生の充実度もずいぶん違ってきます。ともすれば簡便に、安直に済ませようという世の中だけに、ホンモノの存在は貴重です。

先日、職場の先輩だった方からたくあんを頂きました。大根を種から育て、昔ながらに漬けたものです。ホンモノの味でした。

（2014年2月28日）

桜

わが町臼杵で桜といえば臼杵城跡の臼杵公園。私の家から歩いて１０分ほどの距離です。

城跡の桜は全国にたくさんありますが、日本人の感性、美意識にぴったりです。お城が殿様や侍のものから町の史跡や憩いの場へと変わっていった象徴として桜があるような気がします。そのほとんどは華やかなソメイヨシノ。幕末ごろに作られた品種だそうです。

一方、古来から日本人が愛してやまない桜といえばヤマザクラです。吉野山が有名ですが、多くの品種があるようです。

実は、日豊海岸に沿った山々は、ヤマザクラの景観地でもあります。その時季になると、芽吹き始めた木々の間から淡紅色の花が現れ、あっという間に山を埋め尽くします。これほどの桜があったのかと驚かされるほどの数です。私は老いを感じるようになって、清らかで風雅なヤマザクラがとても好きになりました。

両方の桜が楽しめる場所があります。津久見市郊外の青江ダムの桜です。

尾根へと咲き上るヤマザクラと、ダムの下方に咲き渡るソメイヨシノがいい風情でマッチしています。谷からの風に舞い上がる花びらは息をのむほどに美しく、桜の山が湖に映り揺れるさまも趣を添えます。

津久見では、早咲きの桜ですが、四浦半島の河津桜も見応えがあります。濃いピンクの花が青い空と海に映え見事です。

（２０１４年３月３１日）

人生最後に聴く曲

最近、エンディングノートだとか、終活だとかいう言葉をよく耳にします。自分の人生の始末のつけ方を考えておこうという人が増えているようです。

今のところ私はそこまでの段取りは考えていませんが、人生最後に聴く曲ならこれ、という音楽があります。

曲の名は「鳥の歌」。

スペインのカタルーニャ地方に伝わる民謡です。ラジオから流れてきたチェロの音を耳にした時、「なんて厳か、なんて清らかな曲だろう。この曲を聴きながらこの世におさらばしたいものだ」と思ったのです。

演奏していたのはカタルーニャ生まれのパブロ・カザルス（１８７６～１９７３）。チェロというとカザルス、というほどの名手だそうです。

１９７１年、ニューヨークの国連本部で録音されたものです。弾き始める前、反ファシズムの立場を貫いた彼が「わが故郷の鳥はピース（平和）、ピースと鳴くのです」と語ったことは今でも語り草になっています。

実は私、「鳥の歌」に出合うまでは、北島三郎の「まつり」がにぎやかでいいなあ、なんて考えていました。

こういうことをジョークとして（半分、マジで）考えるのも老後の一興。ただし、好きな曲を聴ける状況で終わりが来るのか。音楽など認知できないかもしれないし、泣きわめいて耳に入らないかも知れません。

決めたようにいかないのが人の世なのであります。

（２０１４年５月２日）

深田の里の蛍

例年なら蛍の舞う時季ですが、今年はどうでしょう。

私のお気に入りは臼杵磨崖仏のおわす深田の里の蛍。石の仏様と蛍、この取り合わせが何とも風流。あちらこちらで蛍たちが舞う姿はことのほか奥ゆかしく、幽玄の世界にいるようです。

闇が深まり、石の仏様が眠りに就くころ、「そろそろ俺たちの出番だぜ」とばかりに蛍たちが現れます。1時間ほどすると、飛んでいる蛍の数が急に少なくなります。どこへ行ったのか？　よくよく見ると、草むらのあちこちで寄り添う姿。邪魔をしてはいけない雰囲気です。

蛍がなぜ光るのか。はっきりとは分かっていないらしく、最も有力な説は子孫を残すため。飛んでいる蛍は雄で、草の陰にいるのは雌。上空から恋のアプローチをし、地上で愛を確かめる、というわけです。

恋を得て螢は草に沈みけり　　鈴木真砂女

成虫の命は1～2週間。その間、蛍たちは水だけを飲んで、激しい恋をします。

蛍の長い幼虫の期間の主食はカワニナ。そして、さなぎになる前から土の中で過ごします。カワニナと土、そしてきれいな水がなければ蛍は生きていけません。

命と自然に優しい深田の里は、私の好きな散策コースの一つです。春の花の頃も、夏のハスの頃も、秋の紅葉の頃も、私を温かく迎えてくれます。

（2014年6月3日）

私のペットたち

大分市美術館で「岩合光昭写真展　ねこ歩き」が開かれています。ＮＨＫの「世界ネコ歩き」（ＢＳプレミアム）を毎回楽しんでおる私、早速行ってきました。ニャンともかわいい猫たちがずらり。見ている人たちもニャンニャン顔です。

世は空前のペットブームのようです。書店には愛らしい犬や猫の本が所狭しと並べられ、スーパーではうまそうなペットフードが売られています。犬派、猫派と言いますが、私はどちらも好きです。

私もペットを飼いたい。

が、膨大な肉体的、精神的なエネルギーを考えると自信がありません。

そんな私が、「私がペットにしたい動物ベスト５」と時間を共にしたことがあります。

まず、ニホンオオカミ。絶滅したとされますが、太古のロマンがあります。次に、ローランドゴリラのブルブル。上野動物園で１９９７年に４４歳で亡くなりましたが、哀愁を帯びた瞳が忘れられません。海を眺めながら、気持ちよさそうに日光浴をするウミイグアナにも会いたい。アイヌを護るシマフクロウは、いつも毅然とした立ち姿に圧倒されます。道の駅やよいにある「番匠おさかな館」のナマズとは、何度も哲学問答をしました。

彼らと一緒に散歩に出掛けたい。車座になって、「生きる」ことを語り合いたい。

大の大人が、愚にも付かない妄想を、とお思いでしょうが、実はこれ、かつて病院のベッドで数日間あおむけを強いられたとき、頭に浮かんだファンタジーなのです。

（２０１４年７月１日）

「あの頃」

「今の教育はなっとらん」と息巻くおばさん。そういうおばさんが決まって口にするのが、「私たちの頃は…」「で、それっていつ頃のこと？」と問うと、半世紀も前の、自分が小・中学生、高校生だった頃を思い浮かべてお話しています。

「アベノミクス？　わしらのところにはまだまだじゃ」と嘆くおじさん。「ああ、あん頃はよかった」と懐かしそうにおっしゃる。「で、それっていつ頃のこと？」と問うと「そりゃ決まっとる。田中角栄の頃じゃ」

私たちは知らぬうちに、判断の基準を自分の都合の良い時期、事柄に置いてしまいます。

このことは目くじらを立てるほどのことではありません。ただ気を付けなければならないのは、そのときの私たちは、良かった事を鮮明に思い出している反面、負の部分を忘れていることが多いのです。

私、時々考えます。私たちが今を何となく物足りなく感じるのは、良かった頃の良かった事ばかりを振り返り、懐古というぬるめの湯に漬かっているからではないか。

状況や環境さえ変われば、あの頃のように全てが良くなるのだと錯覚しておるのではないか。

前を見る、広い世界を見る、それも客観的に見る、という視点が欠けておるのではないか、と。

「あの頃」は来ないのです。

（２０１４年８月６日）

木村充揮ライブ

今年も、木村充揮（あつき）が大分にやって来る！「憂歌団」（４人組バンド）のメーンボーカルで、天使のだみ声といわれる充揮クンは、その世界では高くリスペクトされています。

その世界とはブルースの世界です。本場アメリカのスタンダードナンバーはもちろん、オリジナルの日本語ブルースは、泣けて、笑えて、胸にキューンと迫ります。ブルースは歌い手と聴き手の心が響き合い、人間の優しさと自由を分かち合う音楽です。充揮ワールドにはそれがあります。

最初に生の歌声を耳にした時、ガツンとやられました。ガがクモの巣に引っ掛かり、吐く糸でグルグルに巻かれ、体中の何もかもを吸い取られる感じ。それが何とも気持ちイイのです。

充揮クンは１９５４年生まれの６０歳。彼より１３も年上の私は３０年来のファンです。その年で歌手の追っかけ？　などと笑わないでください。老人だって、いや老人だから音楽を好きでいたいのです。

充揮クンはお酒が大好き。お客さんも一杯やりながら、ライブハウスはいつの間にか一体となります。正統派大阪弁のぼちぼちトークとお客さんとの絶妙な掛け合いも交えて、エエ感じのステージが展開します。

今から、わくわくです。

今年のソロライブは１０月１３日１９時、大分市のブリック・ブロックで。

（２０１４年９月６日）

さようなら曽根監督

曽根中生（ちゅうせい）監督が逝ったのは8月26日。実は3年前のこの日、監督が湯布院映画祭に突如姿を現しました。二十数年間臼杵に住んでいた曽根義忠が、監督としてよみがえった日です。

亡くなった翌日、新聞各紙は顔写真入りで経歴を報じ、その後、週刊文春などの雑誌やネットでも取り上げられました。

葬儀場は監督の映画に出演した俳優さんたちの花で埋まり、親交のあった映画関係者も多数参列していました。

お棺には、刷り上がったばかりの「曽根中生自伝」（文遊社）が納められました。自伝の副題は「早春賦」の冒頭にちなんで「人は名のみの罪の深さよ」。監督の臼杵への思いが伝わります。

当日導師を勤めたご住職が大学時代に応援部員で「嗚呼！　花の応援団」に出演していたというサプライズもありました。

監督が私のエッセーを気に入ってくれたことが縁で、時々会っておしゃべりをしました。昨年「ビリー・ワイルダーを語りましょう」という監督からの誘いがあり、シネマ5でのトークをご一緒しましたが、あれは私とのお遊びを一つ演出してくれたのでしょう。

葬儀の夜、私は監督と何度か訪れたことのある喜久という居酒屋に行きました。監督は去年そこで「錆（さ）びたナイフ」と「網走番外地」を歌いました。

私はこの歌を口ずさみ、数々の伝説の人曽根中生をしのびました。

（2014年10月14日）

年賀状

年賀状が発売される時節になると、今年頂いた分を読み返します。読み返しておりますと、その方とのあれやこれやが思い起こされ、自分のあの頃あの時がよみがえってきます。

近況を添えてくださった方の中には、すごい目標を掲げ実行している方がいらっしゃいます。「毎日２万歩」「無農薬野菜を家庭菜園で」「徹底した断捨離」などなど。感服の至りであります。

虚礼廃止だ、書くのが面倒だ、お金がかかる、などの理由で年賀状をやめようという方もいますが、老人となった今、自分が生きていることをご報告し、皆さまのお元気なことを確認する大事な機会であります。

私の場合、パソコンを用いて、はがき新聞の体裁で作ります。たわいない日常の一つ二つを記したものでありますが、おめでたい新年にお届けするものですから、皆さまがのどかで、ほんわかな気分になれるよう心掛けております。

ただ、喪中欠礼はがきを頂くことが多くなり、年々お出しする数が減っているのは残念なことです。

さらに困ったことは、こちらからお伝えする明るい話題が激減していることです。これは生来グータラ、定年後ますます不精者の、花も実もない毎日のためであり、年を取るにつれて行動範囲が狭まっていることの表れでもあります。

ああ、私も皆さまに語れるような近況が欲しい。

（２０１４年１１月１２日）

人を人として接する

何やら慌ただしい年の暮れです。ぐうたら老人の私でありますが、一年を振り返り、一つだけ自分に問うてみることがあります。

それは、おまえは人を人として接したか、ということであります。

もっと直裁に言います。自分とは性格が違う、生活の仕方や好みが違う、考え方が違うからといって、他人を無視したり、見下したり、排除したことはないか、ということです。

人は誰もが命を守り懸命に生きている、それ故に人は人として絶対的に尊重されなければならない。この当たり前のことの実現が、個人でも社会でもなかなか難しいのです。

そのもとは、人が人を自分とは違うと意識するところから始まります。

人はそれぞれに違う、ということは重々に承知しています。元国連難民高等弁務官の緒方貞子さんが「隣にいる人は自分と同じではない」と言いましたが、その通りであります。その上で緒方さんは、「隣の人に何ができるか」を考え「共存することを探れ」と説きます。

私はこれから先もこの一点だけはぶれずに生きたいと考えております。

人を大事にしなければならないのは人だけではありません。組織や社会、国、時代など、いろいろな観点から捉えなければなりません。このことなしの安定や豊かさは、まがいものです。

（２０１４年１２月１６日）

海洋科学校の缶詰

震災で見直され、缶詰がブームです。缶詰を使ったレシピ集や逸品紹介本が売れ、缶詰とお酒を楽しめるバーも好評とか。

缶詰といえば、わが町臼杵にこれぞ極上品という缶詰があります。津久見高校海洋科学校のマグロの缶詰です。ビンナガマグロを材料としたホワイトミートツナと呼ばれる高級缶詰です。

生徒諸君が実習の授業で精魂込めて作ったこの缶詰、何しろうまいのです。淡いピンクの肉片が上質の油の中に行儀よくぎっしり詰まっています。そのままでもおいしいが、和食・洋食・中華などいろいろな料理に使えます。他の食材にひけを取らず主役を務めます。

わが家では油ごと入れてカレーを作ります。ビーフともチキンとも違う、滋味深いカレーです。

私が初めてこの缶詰を口にしたのは「水産高校」だったころ、学園祭で求めた時です。こういうイベントでしか販売しないので缶詰コーナーは長蛇の列でした。

この缶詰作りは、先輩から後輩へと今も受け継がれ、昨年さらに進化しました。臼杵市の呼び掛けで、地元の特産魚かぼすブリを使い、災害備蓄用の缶詰を完成させたのです。魚の加工から全ての作業は生徒の手で行われたそうです。

自分たちの作ったものが社会で立派に役目を果たす。このことが生徒諸君のその後の自信につながるとしたら最高の教育です。

缶杯！

（２０１５年１月２７日）

・現在の校名は大分県立海洋科学高等学校です。

「うふふ」閉店

「うふふ」が閉店しました。寂しくなりました。

「うふふ」って?

わが町臼杵の郊外、旧臼坂有料道路沿いの喫茶店です。ログハウス風の建物の大きな窓の向こうには竹林が揺らぎ、今の季節には梅の花にメジロがやって来ます。マスター夫婦と娘さんがやっていました。私とカミさんは時々食事に行き、普段はカレーをいただきますが、スパゲティやピザのことも。味はどれも抜群。何よりマスターの淹れるコーヒーは絶品でした。

うたかたの世であれば致し方のないことですが、行きつけの飲食店がなくなるのは、親しい人を失うと同じほどに残念なことです。

わが人生の哀歓に彩りを添えてくれた、そんなこんなの店を思い返しています。

大分市の天ぷら「ひろ」。いつもコースにエビ2匹追加して、日本酒2本でした。「ことみ」には季節の味がありました。

スナック「のりこ」と「ママふらいぱん」。共通するのはママさんのきっぷの良さ。「のりこ」はママさんが亡くなった今もバス旅行や忘年会を、「ふらいぱん」は引退したママさんを囲む会が毎月開かれます。

臼杵では「瀬里奈」「風蘭」「トアロード」「かつき」など。常連というほどではなかったが懐かしい店です。「八作」のチャンポンとカツ丼もうまかった。

来し方を思いやる時、なじみの店があり、そこで出会った人がいる。幸せです。

（2015年3月4日）

うすき雛とうすき竹宵

3月の初め、石畳が足に優しいわが町臼杵の二王座歴史の道を散策しました。

と、旧真光寺の門の向こうから、鮮やかな緋毛氈（ひもうせん）が目に跳び込んできました。ついつられて入ってみると、30チセンほどの紙のおひなさまがたくさん飾られています。全て手作りのようです。「うすき雛（びな）」のことは聞いていましたが、ひな祭りは女性のものと、じっくり見ることはありませんでした。が、よくよく眺めると、その見事さに引き込まれてしまいました。

筆で描かれた素朴な表情。和紙で作られた上品な装束。シンプルであるが、凛（りん）とした立ち姿。市内4カ所に3千組が飾られているそうです。質素倹約を旨とした臼杵藩の古文書を手掛かりに、10年前に女性のグループが創り出したものとか。いろいろなお雛さまが各地で展示されていますが、うすき雛の愛らしさは格別です。（今年の展示は終了）

わが町には秋に「うすき竹宵（たけよひ）」があります。モウソウチクを斜めに切り、中にろうそくをともす竹ぼんぼりや、曲げたり穴を開けたりした竹のオブジェで市街地がライトアップされます。竹ぼんぼりはよその町でも行われるようになりましたが、オブジェの美しさは他の追随を許しません。

地域活動が盛んですが、本物として定着するかどうかの決め手は独創性と質の高さ。うすき雛とうすき竹宵は両方を備えています。


（2015年4月8日）

「私の画集」

県立美術館が開館しました。

美術鑑賞は大好きです。

　鶴田浩二の歌じゃありませんが、「右も左も真っ暗闇」の世の中、アートに接することで俗念が消え、心をニュートラルにしてくれます。

　が、年を取ると展示作品を初めから終わりまで丁寧に見るのは体力的に無理。で、最近は我流に楽しみます。まずほどほどに見て回ります。その中で、私の足が止まり、心がときめいた作品の中から数点を選び、じっくりと心行くままに鑑賞します。

　何年か前、下関の美術館で「これぞ私のために描かれた絵だ」という油彩画に出合いました。生干しの魚と食器を描いた小品です。詩的で、ほのぼのとした絵にたちまち取りつかれてしまいました。画家の名は長谷川潾二郎。

　早速、画集を求めました。「私の画集」の誕生です。画集を身近に置くことも、美術を楽しむことの一つ。

　その後、「私の画集」は展覧会のたびに少しずつ増えていきました。画集は高価ですが、なにしろ「私の画集」ですからそこはそれ、清水の舞台から飛び降りたつもりで。

　眠りに入る前、夢とうつつのおぼろな時間を、「私の画集」を見て（絵の中で遊んで）過ごします。１枚か２枚を隅から隅まで眺め、新たな出合い、美しい発見を楽しみます。

　さて今夜は、どの絵にしようかな。


（２０１５年５月１４日）

夫婦船

夫婦船
豊後臼杵の泊ケ内の
おれとおまえの夫婦船
海の上でも心はひとつ
キラキラ光るタチウオの
大漁信じて見交わす目と目
波の向こうに陽（ひ）が昇る

これ、たった今私が作った演歌の歌詞です。題して「夫婦船」。何々素人の戯（ざ）れ歌でありま す。

夫婦船という言葉の響きがたまらなく、好きです。たくましく生きている感じが伝わります。まさに演歌の世界です。

なぜ、こんな歌を作ったのか。それは身近にモデルになる知人のご夫婦がいるからです。広戸徳美さんととよ子さん。50年以上、夫婦船で漁をしています。

お二人が住むのはわが町臼杵市の最南端、泊ケ内（とまりがうち）。三十数戸の集落です。ほとんどの人たちがタチウオやアジなどの一本釣り漁とアワビ、サザエの素潜り漁に従事しています。

ここ泊ケ内には、何と20隻ほどの夫婦船があるといいます。

夜がまだ明けきらないころに出港。操船は徳美さん。とよ子さんは針に餌を付けていきます。あうんの呼吸の作業。漁場に着くと糸を下ろし、引き上げる作業を繰り返します。帰港するのは午後になるそうです。

夫婦が同じ仕事に精を出す。分業化された現代にあって、「仕事が見える」「仕事の結果が見える」ことは貴重です。

（2015年6月19日）

臼杵にこんな旅館が

それはわが町臼杵の閑静な住宅地にある小さな旅館です。私が子どもの頃からある旅館です。それが、平成の今、知る人ぞ知る隠れ宿であったとは。

そのことを知ったのは、ホテルや旅館のインターネット検索サイトです。星五つで採点する利用者の評価が総合4・85。項目別の食事の評価は何と4・95。コメントには食事の素晴らしさのほかに、「清潔で品がある旅館」「適度の距離感がある接客」などの感想が並んでいます。「この旅館に泊まって臼杵が好きになった」とは、市民としてうれしい限りです。

3代目のご主人がご両親と経営しています。夕食だけでも利用できると聞いて、おいい夫婦とカミさんの4人で行きました。

建物が木や花に囲まれ、時間がゆったりと流れている感じ。かつてはどこの町でも見掛けた和風旅館です。

出てきた料理は、いわゆる「旅館の料理」ではありません。温かいものは温かく、一皿一皿に丹精が込められています。食通のおいが「今まで食べた最高のきらすまめし（臼杵の郷土料理）」と思わず口にしましたが、地元の食材を使った料理の味はどれも格別でした。

近頃の「おもてなし」という言葉には何かしら仰々しさを感じますが、この旅館では、これがあればと思うところに、さりげない気配りがあります。ほんまもんのもてなしです。

（２０１５年７月２３日）

縮んじゃった！

　旅行用の短いコートが欲しい。で、久しぶりにデパートに出掛けました。若いころはよく訪れたメンズ売り場ですが、今ではすっかり縁遠くなっていました。

　私、ン万円の買い物をするときは結構しつこいです。気に入ったものが見つかるまでは妥協しません。

　笑顔で迎えてくれる店員さんの目をさりげなくそらしつつ、売り場のハンガーを次から次へ見て回ります。

　なかなかこれだってものが、ない。だんだん気力、体力に限界が。

　諦めかけた時、壁のマネキンが目に留まりました。

（あれ、いいんじゃないかなあ）その表情を店員さんは見逃しません。

「お召しになってみませんか」

　まさに私のために作られたようなコートでした。

　問題は値段。見るともなくぶら下がった値札に目をやります。まあまあ、です。ん？　その下の商品説明の札。「サイズ・S」

〈えーっ！　S？〉

　人生74年、この間にサイズの基準の方は何度も変わりましたが、ずーっとMだったのに…。いつだったか病院で身長を測った時、ずいぶん低く言われたことが頭をよぎります。

　そう言えば街でブカブカ服のおじさんを見掛けるが、あれは服のせいじゃなく、体形のビフォー・アフターの表れだったのです。

　体が縮むってことは、脳も？　ああ、これも老人の通る道の一つのようです。


（2015年8月25日）

大分豊府高校演劇部に拍手

大分豊府高校演劇部の「うさみくんのお姉ちゃん」（5日放送）をNHKのEテレで見ました。

この夏、滋賀県で開催された全国高校演劇大会で最優秀賞を受賞し、全国2100校の中で栄冠を手にしたことはニュースで知っていました。演劇部門での日本一は県勢初だそうです。

テレビで60分ノーカットの舞台を見て（生のステージを見たかった！）、快挙を納得。

面白い！

70を過ぎたおじさんの私が時に爆笑、時にウルウル、最後はハートウオーミングな気分いっぱいに。

ストーリーは、うさみくんのお姉ちゃんが中心になり、弟のクラスメートで人とうまくコミュニケーションが取れず、「保健室登校」をしている溝呂木（みぞろぎ）君の心を開いていくというものです。（脚本は顧問の中原久典教諭）

アンパンマンの歌が効果的に使われ、お姉ちゃんと溝呂木君の距離が縮まるにつれ、舞台と観客も一体化します。

この作品を十分に咀嚼（そしゃく）して演じたキャストの皆さんが素晴らしい。発声も、体の動きや顔の表情も、間の取り方も絶妙。高校生が高校生になりきっている。当たり前のようでなかなかできないことです。教室のセットも、時間が経過する照明も見事。

最後まで飽きさせない展開は、アマチュアの域を超えた完成度の高さです。

久しぶりに若い文化に触れて、心地いい。

（2015年9月30日）

元気な日本を思案する

日本を元気にしよう。国も地方も企業も個人も、とにかく威勢よく。とにかく前へ。とにかく全力で。とにかく力を合わせて。とにかく行動せよ。輝く未来のために、とにかく頑張れ。

疑問を持ってはならん。付いて来ない者は放っておけ。批判するなどもってのほか。ぐずぐずするな。笑顔を絶やすな。

うーん。本当にみんな、そんなに元気なのか。はしゃいでばかりでいいのか。そのうちに息切れしないか。うまくいかなくなったら責任のなすり合いになるんじゃないか。お上の掛け声や援助がなくなっても、果たしてやっていけるのか。

国中の人たちが「何かをしなければ症候群」と「おカネおカネ症候群」にかかってしまうのではないか。元気でない者はどこかの山に捨てられるのではないか。

勢い余って古き良き伝統まで破壊するのではないか。町の景色が変わってしまうのではないか。路傍の花まで踏みつぶしてしまうのではないか。カラスばかりの町、イノシシとシカばかりの村になるのではないか。

生活はどんどん便利になるのに、充実感がない。テレビ欄はいっぱいなのに、見たい番組がない。爆発的に売れる本が出るのに、本を読む人が減っている。ごく普通の若者がネットで悪口雑言を書きたてる。

うーん。穏やかな日々を願う老人の私は、一億総浮かれ時代を憂える。

（2015年11月6日）

文学フリマ

最近どうも自分らしい言葉や文体で文章が書けない（もともとあったかどうかは、ここでは不問に）。

これは老化のせいか、はたまた文学的な刺激が乏しいせいか、などと思い迷っているところに、ある新聞記事が目に留まりました。「あなたの文学が福岡の秋に実を結ぶ ― 文学フリマ」

小説や詩歌を創作する個人やサークルが「自らの著作を自らの手で販売するマーケット」だそうです。同人誌販売会といえばコミックマーケットが有名。年２回、東京ビッグサイトで３日間、参加サークル３万５千以上、入場者５５万人。いまや世界的なイベントです。「文学フリマ」をネットで調べました。東京では過去２１回が開かれ、毎回６００以上のブースに４千人近い来場者とか。大阪や金沢でも開催され、今年初めて福岡でも。

で、１０月末、福岡市天神のフリマ会場に。１００を超えるブースに多彩な作品が並んでいます。出品者も来場者も、若い！（平均年齢３０歳ぐらいか）。文学青年というより、文字・文章によるパフォーマーという感じ。

会場はアットホームな雰囲気で、（多分）最年長の私にも違和感がない。気が付けば若い書き手との会話を楽しんでいました。法政大学のブースでは学生を指導している作家中沢けいさんのサインを頂くという幸運も。

小説をメインに１０誌を購入。さて、この日の刺激で私の文章はよみがえるか。

（２０１５年１２月１日）

繰り返し、身に付ける

私はＮＨＫ・Ｅテレの「にほんごであそぼ」の大ファン。２歳から小学校低学年が対象の番組ですが、大人でも十分に楽しめます。

その中で「ちょちょいのちょい暗記」というコーナーがあって、大人の私でも自信がない言葉、たとえば春の七草、二十四節気などを子どもたちがカメラに向かって発表します。言い終えたときの表情が、実にいい。この子たちは覚えた言葉を一生忘れないでしょう。

この番組を見ていて、高校の恩師の話を思い出しました。病気のリハビリで、文字を声に出して読む訓練を受けたとき、初めて目にする文章は思うように発声できなかったが、かつて自分が慣れ親しんだ文章はすらすら読めたそうです。先生の教科は国語、その後校長も務めた方です。

そういえば、私は合唱曲「椰子の実」の男性パートを今でも歌えます。中学３年のとき男子が少ない音楽部に急ぎ「徴集」され、合唱コンクールに備えて毎日何回もこの曲を練習したのです。

繰り返すうちに身につけた、ちょっと誇らしい自分だけの宝物。これって、実は誰もが持っています。

これは子どもたちの教育でも大事なことです。文字を覚える、計算ができる、運動がうまくなる、などのためにはまず繰り返すことに慣れること。そこで達成した喜びを知ると、次の意欲につながります。そこから物事の理解も深まります。

（２０１６年１月１８日）

佐藤茂雄君のこと

京阪電気鉄道最高顧問、大阪商工会議所第25代会頭佐藤茂(しげ)雄(たか)君のお別れの会が2月1日に大阪で開かれ、小泉純一郎元首相をはじめ関係者2500人が参列したそうです。昨年11月20日に74歳で亡くなりました。

彼と私は臼杵高校で同級、文芸同好会で一緒でした。生一本な硬骨漢でしたが、ユーモアを解する柔らかさも備えていました。

大商といえば、現在放送中のNHKの連続テレビ小説「あさが来た」の舞台にもなりました。初代会頭の五代友厚も近代大阪経済の父として登場します。

佐藤君は1965年に京都大学法学部を卒業、京阪電鉄に入社します。私は同級生の気軽さで問うたことがあります。

「君の実力ならもっと大きな企業に入ることもできたはずだが」

「やりがいのある会社を選んだ。ぼくは全てをこの会社に注ぎ込むつもりだ。そして必ずトップに立つ」

言った通りに、2001年に社長、10年に大商会頭に就任しました。

彼が帰省した折何度か会食をし、やがてメールのやりとりをするようになりました。「おはようさん」で始まるメールには新聞などの談話やインタビューが添付されていました。

私の部屋に縫いぐるみのフクロウが2個飾られています。私のフクロウグッズの収集を見て、彼が送ってくれたものです。やんちゃな目がどこか彼に似ています。

（2016年2月18日）

桜の臼杵城趾

本稿が皆さまのお目に触れるころ、今年の桜前線はどのあたりでしょうか。

わが町臼杵で桜といえば臼杵公園。かつては丹生島城と呼ばれたお城でした。

築城したのは大友宗麟。１５６２年といわれています。３２歳の宗麟は築城を機に、居を府内の大友館から丹生島城に移します。５７歳で津久見の隠居所で亡くなりますが、その直前まで宗麟の本拠地は臼杵でした。キリシタンの洗礼を受けたのも臼杵の教会です。

６月から本紙で、直木賞作家・安部龍太郎氏が執筆する小説「宗麟の海」の連載が始まるとか。宗麟がどういう人物だったのか、キリシタン文化が花開いた府内や臼杵がどう描かれるのか、楽しみです。

丹生島城は、全国でもめずらしい四方を海に囲まれた城郭でした。今は埋め立てられ往時の面影はありませんが、私が子どもの頃は、城の東側には遠浅の海が広がっていました。城壁に沿った岸辺の道を小学校に通った記憶があります。

干潮の時、特に大潮の時期は現在の市役所の先まで干潟が広がり、アサリやハマグリ、マテガイ、ヤサラなど、貝類の宝庫でした。

お城は徳川時代に稲葉氏１５代の居城に引き継がれます。明治に入って廃城となり、その後市民の憩いの場として整備されました。

桜を愛でながら古城の来し方に思いをはせる。そんな春の臼杵の散策はいかが。

（２０１６年４月２日）

右と左

のっけから品のない話で恐縮だが、わが家のトイレのペーパーホルダーは座って右側にあります。一般的には右利きの人の使い勝手がいいよう左に取り付けられていることが多く、外出先で戸惑うことがあります。

去年車を買い替えましたが、ガソリンスタンドに入るとき、右側か左側かで緊張します。前の車の給油口は右だったのに、新しい車は左にあるからです。

実は私、右と左の使い分けがきちんとできません。世間の常識と逆なことが多いのです。

まず、自転車の乗り方。私は右から乗ります。スタンドが両足型であればいいが、左側にある片足型は乗り降りに不便。

雑巾を絞るのも逆だし、運動会の行進でも初めの一歩がつい右足になったり。ちなみに私は右利きです。

これらのことは誰に迷惑を掛けることもなく、天下国家に関係のない、つまりどうでもいいことです。

ただこれが、国や社会への考え方についての右、左となると、国の行方、民の命や暮らしに関わる重大事です。あまりに右に、あまりに左に傾き過ぎると、どこかに無理が出て、思わぬ大事が出来(しゅったい)いたします。右も左も中道も、互いに排除せず併存する、というのが理想です。

が、世界でも、日本でも、自分の考え方は絶対正しい、それ以外は認めない、葬ってしまえ、という短絡的な発想が目立ちます。先が思いやられます。

（2016年5月3日）

木の実

今の私は１００パーセントインドア派です。が、子どもの頃は友達と野や山を駆け回って遊んでいました。

学年を超えた子どもたちが２組に分かれ、伐った木の枝を組んで陣地を作る。小刀で木刀を削る。ゴム銃や竹鉄砲を作る。年上のリーダーたちは戦術を錬る。木の上で見張る者。偵察に出る者。みんな真剣でした。今考えると、何のために戦っていたのか、判然としませんが…。（振り返るに、その後の私の人生もずっと判然としないままです）

遊びの合間に口にしたのが木の実です。野イチゴやキイチゴ、桑や槙の実、アケビなどなど。うまいか、まずいかというと、その当時は絶対にうまかった。

中でも、私が好きだったのがヤマモモとガラメ。どちらも甘酸っぱい味が口いっぱいにひろがり、一度味わうと病みつきになります。

暗赤色のヤマモモの実はちょっと松葉の匂いがします。白いシャツを着ているときは要注意。果汁が布に付くと洗っても落ちません。

ガラメは九州南部の方言だそうで、本名はエビヅル。大きな房に出合うと、競い合って手を伸ばしました。

ヤマモモは３０年前、園芸店で苗木を見つけわが家に植えました。梅雨の時季にたくさんの実を付けます。

ガラメは何度か当時の山に行き探したが、見つけることができませんでした。

こんな話にうなずいてくれる人も少なくなりました。

（２０１６年５月２７日）

どんな国を目指すか

日本は良い国だ、と思う。物もサービスも充実しているし、治安もいい。それに一応、自由に物が言える。

しかし、この国の民の多くは、行く末が何となく安心できないでいます。

なぜか。

それは、この国がどういう国を理想とし、その理想にどう向かうのかという論議を、多様なビジョンを出し合って、本音で論議してこなかったからではないか。

百家争鳴。テレビでも新聞でも私の周りでも、あれやこれやとかまびすしく論じております。しかし、そのほとんどは目先の問題に終始しているのではないか。

しかもその論じ方たるや、全面肯定か全面否定かの二者択一と、相手をこき下ろす攻撃的な発言ばかり。結果的にはスポーツや芸能界のような国民的熱狂の流れをつくり出した方が勝ちで、選ぶ方も好き嫌いを基準に判断しているのではないか。

理想の国を語ることは、一日、一朝のことではできません。しかし、明日を語らない（語れない）国や民は不幸です。放っておくとある日突然、「はーい、皆さん。明日から日本をこんな国に変えまーす」「ええっ、そんな話、聞いてなーい」ということになるかもしれません。こんなことにならぬよう、平生から、民の言葉を使って、国の行方を論じておいた方がいいのではないか。

今回の参院選、将来の理想を語る人に注目したい。

（２０１６年７月９日）

永六輔さん

永六輔さんが亡くなった。直接お話ししたことはないが、人生の折々で世話になったなあ、という人です。

永六輔作詞、中村八大作曲の「黒い花びら」「上を向いて歩こう」「遠くへ行きたい」。永さんは否定しているが、一部の人たちから1960年の反安保運動の終息を歌ったものと評されました。

私は60年に大学に入りました。社会の大きなうねりの中で立ちすくんでいた私に、前へと背中を押してくれたのはこれらの歌です。「見上げてごらん夜の星を」（いずみたく作曲）はミュージカルの主題歌です。主演は坂本九。集団就職で夜学に通う高校生たちを描いたものです。曲がヒットしたのは63年。その夏帰省した私は、自宅近くの造船所の寮生の皆さん（ほとんどが定時制に通っていた）と語り合うようになります。翌年私は高校教師となり、合わせて23年間を定時制や通信制に勤務しました。

自由律の俳人・種田山頭火を知ったのは20代後半、ラジオの永さんからです。どうしようもない破滅的な生活と流転の旅、それでいて師や仲間に愛される山頭火。独自の句境に共感した私は定型俳句から自由律の世界へ。3年前「老人が、つぶや句」という句集を出し、永さんにお送りしました。

人間を大事にすること、悲しみとおかしみが分かること、そのためには平和であること、を語り続けた永さん。ご冥福を。

（2016年8月1日）

75歳のハルキスト

「風の歌を聴け」「1973年のピンボール」「羊をめぐる冒険」「世界の終りとハードボイルド・ワンダーランド」「ノルウェイの森」「ダンス・ダンス・ダンス」「国境の南、太陽の西」「ねじまき鳥クロニクル」「スプートニクの恋人」「海辺のカフカ」「アフターダーク」「1Q84」「色彩を持たない多崎つくると、彼の巡礼の年」

これ、村上春樹の長編小説（発表順）です。

村上作品の短編やエッセイはそこそこ読んでいたが、長編は敬遠していました。というのもあまのじゃくの私、発売されるたびに社会現象となる大ベストセラー、熱狂的なファンのはしゃぎぶりに、あえて無視を決め込んでいたのです。

そんな私が狂ったようにこれら長編のページをめくりました。文庫版で25冊、9066ページ。

きっかけは白内障の手術です。それまでぼんやりとしていた視界がくっきり、視力もかなり回復という僥倖に、これを記念してまとまったものを読もうと思案していたところ、私の目の前にドンと舞い降りたのです。

面白かったか、って？

はい。1冊読み終えると次を求めて書店に走りました。

日常を反転させ、「村上ワールド」に誘い込むストーリーテリングの巧みさ。クールでポップな文章。読後の、独特な空気感。底流に人間と社会の根源的な問い。

久々に、耽読（たんどく）の悦楽。

（2016年9月16日）

人生どっぷり本の虫①

読書週間（27日から11月9日まで）が始まります。70回の節目だそうです。標語は「いざ、読書。」。

というわけで、本の話が続いて恐縮ですが、私の読書の楽しみ方の幾つかを2回に分けて紹介します。

1　読みふける。

前回の「灯」に村上春樹にはまったと書きましたが、ある作家の作品をある期間ひたすら読む、というものです。私の場合、小学5、6年生で貸本屋の捕物帳（「銭形平次」「人形佐七」「右門」「若さま侍」「半七」）を読みあさったのが最初です。以来、サマセット・モーム、種田山頭火、中上健次など。読んでいる最中の一時的依存症状態、とろける感がたまりません。それにはまず自分のテイストに合った作家に出会うかどうか。耽読（たんどく）で人生の宝物を得ます。

2　声に出して読む。

もちろん周りに誰もいないときに。それでもかなり恥ずかしい。しかし思い切って声に出すと、言葉の美しさや文章のリズムに気付きます。私は詩や俳句から始めました。小説だと池波正太郎や山本周五郎がいい。人生で役者気分が味わえます。

3　読み返す。

かつての愛読書をもう一度読み返すこと。全編が無理なら冒頭か巻末の数ページ、印象に残った辺りでもいい。再読の良さは、その本を読んだ頃の自分がよみがえってくることです。人生を振り返る読書です。

（2016年10月24日）

人生どっぷり本の虫②

前回に引き続き、読書の楽しみ方を。

４　本で旅する。

作品の舞台を訪ねることです。行って気付くのは、初めての場所だと思えないこと。辺りの景色や空気の匂い、行き交う人々から、物語がさらに深まります。人生の忘れられない場所になります。

５　読んで、考える。

哲学や思想、人生論などの本を読むことです。学生時代ニーチェにはまりましたが、ここ数年は三浦安貞の「玄語」（狭間久訳）を１日に数行読んでいます。人生を思索する読書です。

６　見て味わう。

画集、写真集、絵本など、見て楽しむ読書です。眺めているだけで心が安らぎます。人生に彩りを添える読書です。

７　漫画を読む。

漫画と聞き眉をひそめる人がいるかもしれませんが、大人が楽しめる作品もたくさんあります。今私のお気に入りは「セトウツミ」（此元和津也）。漫画は人生のサプリメントです。

８　本で語る。

誰かと、ある作家、ある作品について語ることです。少人数で１冊の本を囲み、気軽におしゃべりをする。最高にぜいたくな時間です。でも、そういう話し相手が少なくなりました。あ、います。１人います。カミさんです。カミさんも本も、人生最上のパートナーです。

２０１６年１１月２８日）

年の初めのざれごと

明けましておめでとうございます。

年の初めのつれづれに思い付くままを。

私の一番好きな花はツバキです。

私の一番好きな動物はシマフクロウです。

私の一番好きな食べ物は湯豆腐です。

私の一番好きな飲み物はお燗（かん）をした日本酒です。

私の一番好きな歌は「人生いろいろ」です。

私の一番好きな歌手はハリー・ベラフォンテです。

私の一番好きなテレビ番組は「タモリ倶楽部」です。

私の一番好きな作家は町田康です。

私の一番好きな画家は岡本太郎です。

私の一番好きな映画は「カリビアの夜」（フェデリコ・フェリーニ監督）です。

私の一番好きな女優は夏目雅子です。

私の一番好きなスポーツ観戦は陸上短距離走です。

私の一番好きな色はもえ出る楠若葉の緑です。

私の一番好きな景色はわが町臼杵ご城下の、昔と変わらぬ小路の風情です。

私の一番好きな言葉は「いのちきができる」です。

などなどですが、明日には変わっているかもしれません。

ただし、ただ一つ変わらないものがあります。それは――

私が一番好きなものは人間、です。

（2017年1月7日）

家事

「男も家事を分担せよだと？　けしからん！」

　こうおっしゃる男性、つまり家事は女性の役割だ、と決めつける方が、このご時世でも少なくありません。

　男性だけではなく、女性にもいます。せんだってもある高名な女性の大学教授が、男性は外で仕事、女性は家事に従事することが理想であると主張していました。男女共同参画社会の推進などとんでもない、というわけです。

　根底に、家事や子育てに専念する良妻賢母こそ女性の理想像だとする考えが見え隠れしています。

　しかし、この考えが強調され過ぎると、いつか来た道に再び足を踏み入れるのではないかと心配です。個人の生活のありようを、国策や世論の名の下に、ある方向に導くことは危険なことです。

　私は家事を大いにやります。家事ほど肉体的にも精神的にもよいものはないと考えるからです。

　そもそも女性が長生きするのは家事労働にあると言っても過言ではありません。掃除、洗濯、料理などの動きをみれば明白です。歩く、かがむ、伸ばす、持ち上げるなど体の全てを使います。作業の段取りや方法を考えるには頭だってずいぶん使います。

　こういう結構なことは男だってやらなくちゃ。

　ただし、あくまでも自主的に、できれば家族一緒に、が理想です。


（２０１７年２月１３日）

祭り

ユネスコの無形文化遺産に日田祇園の曳山（ひきやま）行事など33件の「山・鉾（ほこ）・屋台行事」が登録されました。日本には、誰もが知っているでっかい祭りからこぢんまりした祭りまで、四季を通じ多様な祭りがあります。

私は祭りが大好き。祭り見物はわくわくします。私が魅了されるのは、ただただ祭りびとの美しさです。担ぐ、曳（ひ）く、囃（はや）す、舞うなど、祭りの老若男女は輝いています。そのひたむきな姿に元気をもらいます。どのお祭りが好きかと聞かれますが、どれも好き。金子みすゞの詩のように「みんなちがって、みんないい」。

祭り本番もいいが、私のお薦めは宵宮。熱気が爆発する前の高ぶりが町のあちこちに感じられます。居酒屋で町の人たちとお祭り談義なんぞ、もう最高。

祭りにはその土地の風土や歴史、気風がもろに表れます。祭りを見ればその町が分かります。

最近祭りで観光、という風潮が気になります。その祭り本来の精神を失わず、人口減少や老齢化の中でどう継承していくか、難しい問題です。

わが町臼杵にも数々の祭りがありますが、先日ケーブルテレビで珍しい祭りを発見。川登地区白谷に伝わる「竹ならし」という火伏祈願の荒神祭です。火であぶった女竹（めだけ）を石などにたたきつけ、その音を競う祭り。山中にこだまする破裂音と歓声が印象的でした。

（2017年3月16日）

笑う顔写真

皆さまが今お読みくださっているこの「灯」欄、顔写真付きです。掲載されるたびに皆さまのおそば近くに無断でお邪魔していると思うと汗顔、恐縮の至りです。

この小さな写真のご縁で、初対面の方から声を掛けていただくことがあります。せんだってもドラッグストアで袋詰めをしているときに隣の方から。レストランやライブハウス、病院の待合室のことも。その時はびっくりしますが、ものすごくうれしい、が本音です。

さて私の顔写真ですが、フニャララとだらしなく笑っております。なぜ笑い顔か?

これには訳があるのです。この「灯」を書き始めるころ、友人に「あんた、人相が変わった。きつい顔になった」と言われたのです。わが面体をあしざまに言われ温厚な私もムッとしましたが、その夜鏡でつらつら眺めると、なるほどなるほどじじむさくて、おっかない顔だ。アルバムを見ると幼少の私は愛らしかったのに…。こうなったのもちゃらんぽらんな生き方と老いのせいです。

そんなこんなで「灯」の顔写真は笑顔でいこうと写真屋さんのカメラの前に立ったのですが、呵々大笑（かかたいしょう）とはならず、ほとんど半べそ、というのがこの写真です。

ともあれ、この世でこの顔の持ち主はただ一人。大事にしなきゃ。

（２０１７年４月２４日）

臼杵のＪＲの駅

私の家から臼杵駅まで歩いて３分。その臼杵駅が４月からＪＲ九州の直営駅から業務委託駅になりました。赤字削減策の一環ですが、夜遅い電車で臼杵駅に降りると客が私１人ということもあるので致し方ないことかも。

しかし、駅はその町のシンボルであり、誇りであるという観点からすると寂しい思いです。

臼杵には佐志生、下ノ江、熊崎、上臼杵(かみうすき)、臼杵と五つの駅がありますが、臼杵駅以外は無人駅です。臼杵駅と下ノ江駅は１９１５年の日豊本線開通と同時に開業。上臼杵駅（上駅(かみえき)と呼ぶ人もいる）はそれから２年遅れての開業です。

上臼杵駅の木造駅舎は開業当時のままです。１００年の記憶が刻み込まれた駅舎に立つと、深い郷愁を覚えます。駅前のカイヅカイブキや、ホームに続くツツジの植え込みも趣があります。うれしいのは駅の構内が清潔できれいなこと。市から委託を受けて高橋和幸さんと伊崎吉幸さんが清掃などの管理に当たっています。「きれいにしておけばきれいに使ってくれる」という言葉が印象的でした。

注目されるのは下ノ江地区の取り組みです。この駅では住民の手で美化が保たれています、さらに下ノ江駅を地域の活性化に利用しようと、一昨年の開業１００周年を祝うイベントに続き、昨年も一夜限りの「立ち飲み食堂」を開催しました。駅を大事にしたい気持ちが伝わります。

（２０１７年５月２７日）

大きな木

月に一度届く「モグモグ」が待ち遠しい。「大きな木と小さな物語」を読むのが楽しみだからです。

　見開き２ページの左いっぱいに巨樹・銘木の写真。大樹の威容を誌面に収める撮影技術に感服。右ページの探訪記事では木と、木を取り巻く人々の物語がのどやかにつづられています。木を慈しむ心が伝わります。

　大きな木、好きです。特に人里で、その地域の人たちと生きてきた木がいい。

　歩いていて、突如見上げるような木と出合うことがあります。目の中いっぱいに樹影が広がって、言葉を失うほどの存在感に立ちすくむ。私たち人間の小さな歴史を俯瞰（ふかん）している感じ。木に対する畏敬の念を感じる瞬間です。

　いささか旧聞に属するが、昨年の秋に「うすき　巨樹・名木写真展」が臼杵市観光交流プラザで開かれました。自然大好き、木が大好きなメンバーが、市内の巨樹・名木４４０本を１年半にわたって調べた結果を発表したものです。貴重な取り組みです。ちなみにベスト１は野津町泊のムクノキ。幹回り１００２センチです。

　木といえば、６月１０日にジャカランダの花を見に佐伯の船頭町に出掛けました。県内では珍しい、南半球の植物です。紫の桜とも呼ばれます。ネムノキに似た若緑色の葉と、房状の藤紫色の花のコントラストが見事です。今年は花の色がことさらに鮮やかでした。

（２０１７年７月６日）

3歳の銃後①

ここに２０１３年３月２５日の本紙「識者コラム現論」の切り抜きがあります。

書いたのは半藤一利氏。政府や各省の政策決定に当たり、委員会、調査会などで十分に議論されているか、を問うたものです。

その中に１９４３（昭和１８）年度の、鉄鋼材動員計画の審議の経過がありました。

戦時の緊迫感が増すこの年、政府は鉄鋼材の供給量を５１１万トンと見積もります。そしてそのうちの３１１万トンを陸軍、海軍、軍管理船に、残りの２００万トンを民間の需要に振り分けるよう提案します。

ところが現実の供給量は前年度実績４０１万トンをさらに下回ります。しかし軍関係はそれぞれの分け前を譲らなかったので、民間に配分されたのは１００万トン以下でした。

そうか、そうだったのかと納得しました。というのもこのことが私たち一家の生活を一変させたからです。

当時、私の父は木造船の鉄部分を製作する小さな鉄工所を経営していました。品質に絶対の自信を持っていた父は造船所や船主の信用を得て、業績も順調でした。ところがある時期から肝心の鉄鋼材が手に入らなくなります。父は工場の休業を余儀なくされ、職人さんに暇を出し、私たちは野津市村（当時）に疎開し農業を始めました。４４（昭和１９）年の秋のことです。

３歳の私の、かすかな銃後の記憶です。


（２０１７年８月１７日）

3歳の銃後②

3歳の私の、銃後の記憶をもう一つ。

1945(昭和20)年5月、予科練(海軍飛行予科練習生)に所属していた兄から、福知山(京都府)に異動したとの手紙が届きました。

当時福知山では予科練生の訓練用航空基地が完成間近でした。兄の特攻出撃命令近し、と見て取った父母はその日のうちに福知山行きを決めます。

そして私に尋ねました。「兄ちゃんに会いに行くか」。私は即座にうなずきました。

早速、母は兄の大好物のぼた餅を作るため、材料の買い出しに。しかしどこを回ってももち米や小豆、砂糖が手に入りません。その時ある人が母に耳打ちします。「闇物資の横流しをしている人を紹介する」。経済の統制が強化されると、こういう人が現れます。その晩母は大枚をはたいて必要な食材を入手しました。

翌朝、福知山に向け出発しました。列車が身動きできないほどに混んでいたこと、窓からおしっこをしたことは覚えています。が、空襲を受けた町を幾つも通過したはずなのに、沿線の景色は覚えていません。

福知山で面会した兄とは初対面のような気がしました。兄が予科練に入った時、私が1歳だったからです。格好いい制服姿の兄がぼた餅を頬張る姿に見とれていたことが、今も鮮やかによみがえります。

後日談 — 兄は出撃待機のまま終戦を迎え帰還しました。

(2017年9月2日)

臼杵のカボス

秋風が立つころから香りのよいジューシーなカボスが町じゅうに出回ります。

臼杵のカボスの栽培は江戸時代に始まります。その後、臼杵の特産品として知る人ぞ知る存在でありましたが、昭和４０年代から全国に広まっていきました。

ところで、皆さまのカボスの使い方は？　ギュッとサンマなんぞの焼き魚に？　スライスを焼酎に？　鍋料理のポン酢に？　カボスジュースに？　皮を汁物に？　などなどが代表的ですが、中には温かいご飯にかけて食べる人もいます。

私は生野菜の上から2、３個分の果汁をぶっかけます。特に千切りキャベツが最高。それだけで酒のさかなになります。

そんなあんなの使用法を聞き書きしてレシピ集を作れば面白いものができるかも。カボスの販路拡大に通じるかもしれません。

臼杵では魚もカボスを食べます。養殖ブリの餌にカボスを加えると、血合い部分の変色が抑えられ、しかも香りのよいさっぱり味のブリに育ちます。今や大分を代表するブランド魚です。

カボスの時季になると、友人や知人に送ります。臼杵せんべいなど、自分なりにふるさとの味を詰め合わせます。カボスだけがドサッと届くよりこういう送り方の方が喜ばれます。

その時には私自身や臼杵の町の近況も添えます。臼杵のカボスとともに、臼杵の心も届けたいと考えています。

（２０１７年１０月２４日）

睥睨する人

辺りを睥睨(へいげい)する人って、いますよね。（睥睨「周囲を威圧的ににらみつけること。にらみつけて自分の勢力を示すこと」日本語新辞典）男性だけじゃなく、女性にもいます。

睥睨する人には「俺（私）は〇〇だから」という、その人のよりどころとする（すがりつく）錦の御旗があります。

〇〇には、政財界のボスとか、海外に隠し口座があるほどの資産家とか、「先生」といわれる芸能人、などなどの言葉が入ります。

そんな大物だけではなく、私たちの身近にもいます。せんだっても「私の実家は元士族だった」という女性や、「息子が官僚として出世した」なんてお父さんがいました。一般的に成り上がり、成り金、親の七光といわれる人たちに多いようです。

厄介なのは、表向きは睥睨した感じではないが、心の内で睥睨している人。

そういう人はちょっとお付き合いすると分かります。自分より強い人にはへいこらし、逆の場合には傲慢(ごうまん)な態度をとるからです。

もちろん、にらみ付けるような顔つきの人（普段相好を崩さない人、生まれつき怖い顔の人など）の中にも人格、識見、資質が備わった人がいます。

いわゆる「立派な人」です。

こちらは誰にも分け隔てなく接します。私の見るところ、これまでも今も、とても少ないような気がします。

（２０１７年１１月３０日）

年の初めに、老人は思う

私、１９４１（昭和１６）年の生まれです。戦争が終わった時4歳。３年後小学校に入学しました。教科書が片仮名から平仮名に変わった年です。

豊かではなかったが、周りに子どもがいっぱいいて、自然もいっぱいで、大人たちは誰もがシンプルに、ひたむきに生きていました。

シンプルと書いたのは、働いた成果が働いた人に返ってくることを実感しながら、という意味です。

私は学業を終えると、教職に就きました。自分や家族のため、そして生徒のため、力を抜かずにがんばったつもりです。

そうこうするうちに、国にも民にもちょっぴり余裕が出てきました。何だかんだはあったが、この分でいけば豊かで平穏なうちに２０世紀が終わり、やがて来る新しい世紀もさらに豊かで平穏な世であろうと、本気で期待しました。

しかし、２１世紀は9・１１のテロで幕が開き、今も国と国、人と人の憎悪の連鎖は拡大しています。各地で大きな災害も起こりました。人間の愚かさ、無力は変わっていません。進行するＩＴ社会も人間の真の幸せに結び付くかどうか。

今、地球は、人類はどこに向かっているのか。次の時代がどうなるのか。誰も分からないままに突き進んでいるのではないか。何とも不気味なことです。しかし、私は今も人間の英知を信じています。

願わくはこの1年、天地（あめつち）が、人々が、安らぐ年でありますように。

（２０１８年１月９日）

燗酒

京都を訪ねると、西陣にある「神馬（しんめ）」という居酒屋に時々寄らせてもらいます。

実はこの店の燗（かん）つけ器がお気に入りなのです。今やほとんどお目に掛からなくなった、アカ（銅）の１２穴。その燗つけ器にとっくりが首まで漬かった風情は、りりしいというか、艶っぽいというか、とにかく美しい。

私、関西の居酒屋に入ると必ず、きずし（締めさば）を注文します。これをあてに、適温（肝心なのは、これ）の酒を口に含む。

うっふっふっふ。満ち足りた、安らぎのひととき。

「神馬」は京都らしい奥行きのある店で、中ほどにカウンターがあって、ここがお燗場（かんば）。そこに立っていたのはご主人の酒谷芳男さん（居酒屋にふさわしい名前）。燗番をしながら店内に目を配っていました。過去形で書いたのは、その酒宮さんが一昨年亡くなったそうで、本紙の惜別欄でも紹介されました。店は次男の直孝さんが継いでいます。

いま、日本酒ブームです。酒を温めて飲むのはよその国ではそれほど例がないそうですが、私は燗酒が世界中に広まればと思っています。

酒の燗なんてそんな手間の掛かることといわれるかもしれないが、このせわしない時代にこそ、ゆったりと酒と時間を楽しむ余裕を持ちたいものです。

熱燗の人をやさしくする熱さ　和田華凜

（２０１８年２月９日）

土手道を歩く

３月１１日、日曜日。午後2時。気温１５度。快晴。

私は、緩やかに流れる臼杵川を右に見ながら歩いています。白馬渓近くの馬代橋から、河口に向かう土手道です。途中少し途切れるが、ふんわりやんわり草の道が続いています。

どこもかしこも文句なしに春の気配。土手の左は田んぼで、その向こうに住宅が並んでいます。

あるお宅の庭先で大輪のツバキの花が満開です。本紙「気象歳時記」によると、ツバキは平年より著しく遅い開花だったとか。そういえば今年の冬は十分過ぎるほど十分な冬でした。何とかしのいで、こうして私の春を迎えることができてうれしい。

反対側の土手はトリムコースでそれ用に舗装されているが、こちらは昔懐かしい土の道です。メヒシバ、オオバコ、ヨモギ、シロツメクサなどがへばりついています。踏んづけてごめん。雑草なんて呼んでごめん。

この道を歩く私の足は小躍りしています。感触を、一歩一歩確かめます。足元から若さがよみがえるようです。童謡「靴が鳴る」の歌詞が７６歳になって分かったような気がします。

土と草の土手道を歩く。ただそれだけでうれしい。野山を駆けた少年の日の景色がよみがえります。人への、動物への、植物へのやさしさがあふれていた景色です。

今もそのやさしさを失っていない私がうれしい。

（２０１８年3月１６日）

作為の時代

臼杵生まれ臼杵育ちの私、この「灯」欄はもちろん、他の場でも、古里の話題を結構取り上げます。何を、どう取り上げるか。あくまでも私のお気に入りを、あくまでも私の判断で選び、紹介しております。

ところが、それがそのままに受け取ってもらえないことがあるようです。「あんた、あれを書くように誰に言われたの？」はまだよい方で、「あれを書いて何をもらったの？」などなど。（ギター漫談・堺すすむ風に）そう～なんや～。

この、かまびすしいひがごとは誰かを経由して耳に入るのですが、まず本人がびっくり。な～んでか？

ひとえに私の悪文、駄文のせいであります。はい。

が、あらためて世の中を見渡せば、官も民も、大事も小事も、この世の多くは作為で成り立っているようです。作為とは「あることに見せかけようと、わざと人の手を加えること」（大辞林）であり、作意とは違います。最近もどこやらの国で、文書が「ない」「あった」「前と違う」「書き換えた」ということがありましたが、これなど見事な作為の連続です。

作為即悪、とは思いませんが、多くの方々は、こういう世情に慣れ親しんでくると、物事の裏には何らかの企てが隠されておるのではないか、いやきっとそうだ、とまず疑ってかかるようになるのでありましょう。

人の言うことが真っすぐに伝わらない時代って、悲しいです。

（２０１８年４月２６日）

高野洋志さんとバイク

カワサキのスポーツモデルＮｉｎｊａ４００のルックスは、門外漢の私の目にもかっこいい。そのマシーンに寄り添う青年ライダーもかっこいい。

高野洋志さん。２７歳。

生まれつき左手の指にハンディキャップがあります。

洋志さんのお父さんと私は長年の友人です。洋志さんが去年の春、「バイク好きのおやじと一緒にツーリングしたい。普通二輪車免許を取ろう」と思い立ったときからドラマが始まりました。四輪の免許はとっくに取っています。大分の会社にも車で通勤しています。

普通二輪車にもＡＴ（オートマチック）限定免許があります。が、洋志さんの夢は「おやじと同じマニュアル仕様のバイク」です。

そのために、免許取得に際し身体条件をクリアできるか、本来は左手で操作するクラッチを右のハンドルに移せるか、そのバイクを自分で運転できるか、などの課題を乗り越える必要があります。

それは自分との闘いでした。

県運転免許センター、教習所、陸運局など行政の厚い壁が立ちはだかります。しかし、諦めずに道を探ります。バイクショップや補装具製作所の助言やテレビ局の応援も得て、洋志さんの熱意は次第に大きな「がんばれよ」の輪に。

決意して７カ月。見事に九州初の免許を手にしました。お父さんとのツーリングも実現できました。今ではバイク仲間を通じ、洋志さんの人生は広がっています。

（２０１８年６月２日）

一線を越える

ボールを持っていない選手に後ろからタックルして「つぶす」選手の姿。連日放送され、いささか食傷気味になりました。

でも、これ、一線を越えてしまった人たち、という意味では、これまでも今も、世界のあちこちで同じにおいを感じます。

絶対的な指導者が君臨し、いや応なく配下を服従させる。人間として越えてはならない一線を越えることを承知の上で、です。

このことは、大仰な世界でなくとも、私たちの日常でも起こり得ることです。これ以上のことを続けると生活が破綻してしまう、ここで一歩誤ると取り戻せなくなるなど、誰にも覚えがあります。普通はわずかに残っている分別が働き、事なきを得るわけです。

しかし、やってはならないことだと分かっていて、己の利益や体面のため、分別のたがが外れ、何でもありの闇に踏み込んでしまう。

考えてみれば、ほとんどの犯罪がそうです。戦争だってそうです。これが人間のやったことか、という残酷なことを人はやってしまうのです。そこではあれこれと大義名分を立てるが、それは欺瞞です、

今回の「つぶす」行為に限って言えば、事は簡単です。指導者は、そうならないよう選手を教え諭すのが本分なのに、逆にあおり立てて一線を越えさせた。その瞬間、スポーツの誇りを捨てたのです。

救いは悪夢から覚めた選手がいち早く闇から帰還したことです。

（２０１８年７月６日）

海が懐かしい

「灯」読者の皆さまは今年の夏、海にいらっしゃいましたか。海を眺めに、ではなく、海水浴に、ということ。私はもう長いこと、海に行っていません。

家は臼杵湾に注ぐ川の河口近くで、満潮時の川が私のプール。子どもの頃、橋の上から飛び込めるようになると誇らしい気分に。化学洗剤などない時代です。

小学3年生になると、日本泳法「山内流」の游泳所に通いました。私は2年間でしたが、その時教わった横泳ぎが私の泳法です。

中学、高校時代も、行ったのは山より海。それもだんだん遠くの浜へ、そして沖へ。半日、なーんも考えず、潜ったり磯で遊んだり。

高校の教員になってからの夏休みは、生徒たちと海のキャンプへ。連続11日なんて年も。

休日は、シリタカ（ニイナ）採りが楽しみでした。ビールのつまみに最高なんです。その晩の分の、20個ほど。今では、密漁です。

子どもたちとの思い出も海が一番多い。水平線にもりもり入道雲。穏やかに寄せる波。カニやヤドカリ。砂だんご。時々、夕立。

忘れられないのは沖縄の、夜の海。タクシーの運転手さんお薦めのビーチ。腕や肩口が水面を分けると、皮膚に夜光虫がまとわりつき、私の体も発光。海を背に浮かぶと、星空に手が届きそうでした。

それにしても、これほどまでに海に引かれるのはなぜ？

海は生命のルーツ、だからでしょうか。

（2018年8月14日）

私の、この味①

私は、おいしいものに出合うと、つい笑ってしまいます。こういうことって、料亭とか有名レストランじゃなく、思いがけない場所でのことが多いようです。

これは、「私の、この味」の最初の出合いです。六十数年前、私が中学2年生の春です（もしかしたら初夏だったか）。場所は無垢島沖、突きん棒船の船上です。

ホゴとクロメのみそ汁が、文句なしにうまかった。

このころ臼杵では、銛（もり）を投げてカジキを捕獲する突きん棒漁の出漁が盛んでした。その漁港の一つ、板知屋の、船主さんの息子と中学校で同級になりました。当時私の父親は漁船に関わる鉄工所をやっていて、そのこともあって、新造船の試運転で臼杵湾に船を出すので一緒に、と誘われたのです。

無垢島辺りでホゴが入れ食いでした。それをちゃっちゃと船上でさばく。そのうちに、若い乗組員（中学の先輩）が海に飛び込み、潜ってクロメを採る。

たちまち大鍋にホゴとクロメのみそ汁が完成しました。

とろりと喉元を通り過ぎるつゆ。反り返ったホゴの肉。骨もちゅうちゅう吸う。舌のあちこちで「うっめー」が弾ける。ただただ、食う。みんなと、笑って食う。こういう拙い文章で、「私の、この味」が皆さまに伝わるかなあ。

私はこの時、食材に一番近い人たちが、一番おいしいものを知っている、と悟りました。

（２０１８年９月１８日）

たまたま

「強いから生き残る、弱いから滅びるのではなく、進化は『たまたま』」

この言葉がずっと私の頭から離れません。動物学者の今泉忠明さんが、長年進化を研究して得られた結論だそうです。本紙（9月19日）に掲載されていました。

今泉さんは、今、児童書の世界で時の人です。今泉さんが監修した「ざんねんないきもの事典」（高橋書店）が、子どもたちの絶大な支持を受け、シリーズ3冊で260万部超の売り上げだそうです。私も読みましたが、「サイの角は、ただのいぼ」だとか、「一匹オオカミは弱い」など、大人が読んでも十分に楽しめます。

なぜ、今泉さんの「たまたま」が、私を捉えたのか。

77歳になった自分が今生きているのも「たまたま」なのではないか、と思ったのです。進化の理論が個人に当てはまるかどうか、は抜きです。

「たまたま」だとするなら、自分のこれまでも、周りのあれこれもふに落ちるのです。

頑健だった友人たちが先に逝き、へなへなだった私がこうして命を永らえておる。幾つかの苦難も何やらのうちに乗り越えることができた、などなど。

とはいえ、私の「たまたま」は単なる偶然ではありません。その時々に、私を支えて下さった方がいます。僥倖ともいえる数々の出会いがあって、今の私があるのです。

（2018年10月22日）

山頭火と臼杵磨崖仏

—濡仏となって臼杵の石仏を拝観しました。或は鑑賞し、礼拝してゐるうちに、すっかりうれしくなって、抱きつきたいやうな気分になりました。そして豆腐で一杯やりました。こんな親しみのある仏様、こんなにうまい酒がメッタにあるものではありません—

わが町の石仏をこんなにも好きなってくれた人がいます。これは自由律の俳人、種田山頭火が師・荻原井泉水に宛てたはがきです。臼杵から出した7通のうちの1通です（山頭火全集）。１９２９（昭和４）年１２月１６日、４７歳でした。

山頭火はこの翌年、それまでの日記を焼き捨てます。ですから臼杵での詳細は不明です。はがきからは雨に閉じ込められ托鉢（たくはつ）もままならなかったことが読み取れます。

山頭火は悲運の人です。最大の傷心は９歳の春、井戸に身を投じた母の無残な姿を目にしたこと。その後、姉や弟たちの早世、家業の倒産、離婚。それを紛らすための酒はさらに彼を人生の漂泊者に。

どうしようもない寂寥（せきりょう）感を癒やすために句を詠み、行乞流転（ぎょうこつるてん）の旅に出ます。

山頭火は４０（昭和１５）年、松山で亡くなります。私の生まれる前年です。２５年後、私は彼の句に魅了され、俳句観も一変します。

臼杵からのはがきには、次の句が詠まれています。

しぐるるや石を刻んで仏となす
石仏しぐれ仏を撫でる

（２０１８年１１月２７日）

自分の時間を大事に

私の年越しは毎年、臼杵磨崖仏です。かがり火に浮かぶ仏様のお顔がただただ尊く、美しい。

今年はわが身の息災ばかりでなく、「日本で、災害や事件、事故がない日がありますように」とお願いしました。

何をつまらぬ世まい言を、そんなこと、ありえなーい、と言われそうですが、でもこれが狭い町の単位なら、当たり前のことです。ということは、その町の集まりである、県でも国でも可能性はなくはなく、こういう「何もない日」があれば、私たちの心に安らぎが生まれ、穏やかな明日が見えてきます。

あらためて、新年おめでとうございます。

今年から来年にかけて、国や県を挙げての大典や祭典があれやこれやと続きます。何事もなくその日を迎え、何事もなく終わりたいものです。

それにしても、このところの時の流れの早いことと言ったら。きのう去年の正月を迎え、気が付いたらきょう今年の正月であった、と思えるくらいです。

時間の流れは誰にも平等です。だがそれは時計時間のことで、社会にも、個人にも、さまざまな時間が流れています。私たちは、それぞれに流れる時間とのギャップについつい惑わされます。無理に埋めようとすれば、混乱が起きることも。

そんなこんなで、今年の私の目標は、時間とけんかせず、自分の時間を大事に生きることです。このことを皆さんと積み重ねていけば、冒頭の願いもかなうかもしれません。

（2019年1月4日）

臼杵と阿蘇凝灰岩

「のどやかで、ほっとする町」

いつだったか「臼杵って、どんな町？」って聞かれ、とっさにこう答えました。私の頭になぜこの言葉が浮かんだのか。これまで深く考えずにきました。

それが、最近、解けたような気がします。

ネットで「２０万分の１　日本シームレス地質図」を見ていた時です。この地質図はアップしていくと、自分の住んでいる土地の地質までばっちり分かります。

これによると、臼杵は主に二つの地質でできています。億、万年の時間を経て海で形成された地層と、阿蘇大噴火による火山灰の堆積物です。日本列島に人が住むより、はるか前のことです。

私が注目したのは、後者。阿蘇溶結凝灰岩というそうです。阿蘇を中心に九州の東西に分布していますが、東は現在の臼杵の海にまで及んでいるのです。

深田の里の仏様もこの岩に刻まれて「国宝臼杵磨崖仏」と名付けられました。また、この地方の墓石や、戦時中の横穴式の防空壕（ごう）など、臼杵の人たちは阿蘇の溶岩をうまく生活に取り入れてきました。

確かに、暗灰色のこの岩には、何もかもを受容する奥深さを感じます。

水分を多く含み、地上の騒音をふんわり包みこんでくれる凝灰岩が、「のどやかで、ほっとする町」の基になっているのではないか。

私の、ついと口にした応答もまんざら外れていないような気がします。

（２０１９年２月１４日）

句集「酒二合」

２冊目の自由律句集「酒二合」（リーブル出版）を出しました。今回も文庫版です。ハンディーで安価、プロの物書きではない私には手ごろな体裁です。

私の俳句の立ち位置は、季語や五七五にこだわらない自由律句ですが、本をただせば定型俳句から派生したものです。従ってこの句集には、定型らしき句も、私なりの自在句も載せています。

文学や音楽、絵画にも多様な表現があるように、俳句にもあれやこれやがあっていい、と考えるからです。

１００句を選び、１ページに１句を配しました。その句の脇に、言葉の解説や関連する句や詩など、私の頭をよぎった何やかやを書き留めました。読み物としての句集にしたかったからです。

なろうことなら、この句たちで皆さまの心の扉をノックしたい。１００句のうちの１句でも扉を開けてくだされば、皆さまと句想の世界で遊ぶことができます。

句集の後半に、短いドラマ１４編を掲載しています。これは自由律俳誌「新墾（にいはり）」（北九州市）に連載中のものです。私はこの俳誌の購読会員で、時折句会にも参加します。ドラマは、毎号の作品の中から１句を選び、それを素材にして掌編に仕上げたものです。

なぜ、俳句を作るのか、と聞かれます。言葉探しが好きなんです。最後まで人に寄り添ってくれるのは言葉ですから。

（２０１９年３月１９日）

あの頃が一番楽しかった

人生は必然と偶然の繰り返し、あれやこれやの連続ですが、「あの頃は楽しかった、あの頃に戻りたい」という日々って、誰にもありますよね。

私は、終戦直前から4年ほど過ごした疎開先、野津での毎日です。4~7歳でした。初めは、町の子から田舎の子になってうれしくなかった。夜は周りは真っ暗だし、生傷や霜焼けは当たり前だし、半ズボンにソックスの子はいないし。

ところがある日、胸がじーんと熱くなる出合いがあったのです。

アゲハチョウの羽化です。さなぎから体が抜け、木の枝に脚を踏ん張り、羽を取り出すと、ぐぐぐーんと伸びて（これはチョウの様子）、わわわっという間に（これは私の感動）、見事に全開！　圧巻の脱皮ショーを目の前にして、私は自然の子になりました。

6歳になると、いっぱしの役割を担うようになります。犬や猫、牛や鶏、ウサギの世話です。

牛は田畑を鋤く、いわゆるコッテウシ（雄牛）。やがて川に連れていき、洗ってやるようになります。わらの束でピカピカにすると、牛の目が喜んでいるのが分かる。こうなるとモーかわいくて、かわいくて。一緒に寝たいと親に言ったら、牛小屋にはでかいアオダイショウがすみ着いておるぞ、と脅されて諦めました。

あの頃の私が、一番たくましかったような気がします。でも、自然の子の精神は今も残っています。

（２０１９年５月２日）

箸が転んだらおかしがる老人

「箸が転んでもおかしい年頃」というと１０代の女性を指す言葉ですが、私は「箸が転んだらおかしがる老人」になりたいと思っています。

箸が転んでおかしがる老人、って気持ち悪いですか。

箸が転がらなくておかしがる、のは不気味ですが、目の前で箸が転げて、それがおかしかったら、おかしがったって、いいじゃないですか。

ここでいう箸が転げるは、もちろん比喩です。この世の森羅万象ことごとく、なんていうと大げさですが、まあ、いろんなことです。その、いろんなことをおかしがるのと、素っ気なく見過ごすのでは、毎日がずいぶんと違うのではないか。

おかしがる、を言い換えると、感動する、でしょうか。しかし、これまた大げさな言い方かもしれません。要するに、「おお」「へえ」「えっ」「ふーん」などをきっかけに、「すごい」「面白い」「楽しい」「きれいだ」などの感興が湧き起こり、結果、心のどこかがじんわりと温かくなる、と言うと分かっていただけるでしょうか。

身近な出来事でいいのです。例えば、歯医者さんで治療中、窓越しに遊ぶ小鳥たちを見掛けたとか、うどん屋さんのごぼ天うどんがうまかったとか、テレビで放映された別府アルゲリッチ音楽祭ｉｎローマに思わず聞きほれたとか。

こういうことをおかしがっている老人って、おかしいですか？

（２０１９年５月３１日）

大友宗麟時代の臼杵

大友宗麟は１５６２年に拠点を府内（大分）から臼杵に移します。これ以降、領国の経営が臼杵、府内の二つの町で行われることになります。これは異例のことです。

その後、宗麟は栄華の絶頂期を迎え、同時に臼杵は当時日本で最も先進的な町になります。

そのころの臼杵って、どんな町だったのでしょうか。

私が知りたいのは、歴史資料に基づいたホントの姿です。

政争や合戦の話とは別に、当時わが町に住んだ人々の生活や風俗がどうだったのか、私はとても興味があります。

宗麟は京の都の文化にも精通していたそうですが、南蛮文化を融合させて、臼杵にどんな文化を花咲かせたのか。

海に浮かぶ丹生島城の雄姿は？　眼下に広がる町並みは？　教会や修道院は？　交易船の出入りする港は？　南蛮人や明国人の居留地は？　イエズス会の宣教師や洗礼を受けたキリシタンは？

今、ルイス・フロイスの「日本史」を読んでいます。キリスト教布教者の偏見と誇張がかなりありますが、豊後の国や国主宗麟の盛衰が実に詳しく記されています。しかし、この「日本史」にも、江戸初期に著された「大友興廃記」にも、住む人たちの細やかな暮らしぶりは記されていません。

そのころの文献や絵地図、風俗を描いたびょうぶ絵など、どこかに残されていないのでしょうか。

（２０１９年７月６日）

妹を負ぶった少年

先日、あるコンビニの前で、ほほ笑ましい情景を目にしました。一瞬、えっ、今は令和の時代だよな、ってカミさんに確認したくらいです。

中学生か高校生ぐらいかなあ、トレーニングウエアの少年が、2歳ぐらいかなあ、(多分)女の子を、背中に負ぶって、店に入って行ったのです。

ぐずる妹をその場でおんぶ、って感じじゃなく、きちんとおんぶひもをたすきに掛けて、ちゃんと面倒を見ている、って感じです。

私は、少し離れた駐車場の車の中から目撃したので、2人の表情までは読み取れませんでした。が、少年はちっとも恥ずかしそうじゃなく、2人の姿はその場の空気にごく普通に溶け込んでいました。

かつて、私の子どもの頃、お姉ちゃんが弟や妹をおんぶするなんてことは当たり前でした。男の子だって子守をしながら友達と遊んでいました。

それにしても、兄妹が一つになった姿ってかわいいなあ、それにしても、イマドキの若者なのにお兄ちゃんは偉いなあ、などと見とれていたら、何だかジーンと胸が熱くなって。

その時、脳裏に浮かんだのは、「焼き場に立つ少年」の写真です。長崎の爆心地で、死亡した弟を背負い、火葬場で順番を待つ少年。世界が涙した写真です。

私が目の前にした兄妹は、平和な世の、和やかな光景でした。

この平和、守らなければ。

（２０１９年８月１５日）

私の、この味②

「天ぷら」と聞いて思い浮かぶのは？　エビやキス、レンコンなどを、水で溶いた小麦粉の衣を付けて揚げたもの？　それ、江戸前です。

私の天ぷらは、魚のすり身の素揚げ。宇和島のじゃこ天や鹿児島のつけ揚げが有名です。西日本ではこの種の揚げ物を天ぷらと呼びます。

「私の、この味」第2弾は、家族総出で作った自家製の天ぷらです。

材料は主にエソでしたが、アジやイワシのことも。母が内臓、頭や中骨を取り除きます。上の姉が手動のミンサーの投入口から魚を入れハンドルを回すと、小さな穴からニョゴニョゴとすり身が出てきます。

そのすり身は、すりこ木を手にした父親のすり鉢に。私がすり鉢を押さえ、父親がガッガッとすりつぶします。酒、みりん、溶き卵、最後に片栗粉と塩を加えると、一気に粘り気が出てすり身がすりこ木に絡み付きます。そうはさせじとさらにすります。

下の姉がすり身を手のひらで1チセンほどの厚さの小判形に成型。

みんなが見つめる中、母が低めの温度の油で揚げます。何回か返すうちに表面がきつね色に。完成です。

揚げたてを、アヒッアヒッと一家でかじる。作業を共にした満足をかじる。これ、70年前、小学生だったころの情景です。その後、フードプロセッサーを使うようになって、あのころの味も共同作業も、思い出の中だけに。

（2019年9月20日）

読書週間に小説を思う

時々書店に行きます。向かうは小説などの文芸書の棚。ああ、お客さんが、少なーい。インターネットでの読者は増えているそうだが、それを考慮に入れても小説を読む人の数は確実に減っています。

私の子どもの頃には今より多くの人が小説を楽しんでいました。例えば町の古本屋さん。銭湯帰りのおじさん、炊事を終えたおばさんが気軽に小説を借りていました。

小説って、これという決まった定義はありません。言えるのは、小説は人（作家）が人を描くものだ、ということです。何を、どう書くかは自由です。

読者は、個性豊かな文章で想像力をかき立てられ、何かを感じながら読み進めます。読者が何を感じるかも自由です。作家の自由と読者の自由が混じり合い、経験したことがない人や社会を知ります。

小説を読まなくなったのは、テレビが登場してからです。パソコン、スマホで決定的になりました。

さらに情報社会は進みます。そこで重視されるのは論理（理屈）だそうで、文部科学省は高校の国語教育で文学中心を改め、論理を重んじる方向を示しました。

でも、これでいいのかなあ。人が理解し合うにはまず人や社会を広く知ることだ、と思うのですが。

読書週間は「読書の力で、平和な文化国家を創ろう」という目標を掲げ１９４７年に始まりました。今年は２７日～１１月９日です。

（２０１９年１０月２５日）

家族写真

―男はホテルのチェックインを済ませ、部屋に入る。おもむろに旅行かばんから取り出したのは小さな額に入った写真。幼い男の子と女の子を真ん中に男と妻、男の両親が笑っている。男はベッドの脇のテーブルに写真を置く。

洋画、特にアメリカ映画に、こういうシーンが時折出てきます。そういえば、欧米では部屋の壁に何代もの家族写真を飾っていることがあります。

最近、家族で写真を撮ることが少なくなりました。皆さん、デジカメやスマホであれだけたくさんの写真を撮っているのに、圧倒的に個人や仲間同士です。

私には思い出深い2枚の写真があります。兄が海軍飛行予科練習生（予科練）に入隊する写真と、戦後に父の鉄工所の皆さんと花見をした写真です。後者のみなさんも私には立派な家族です。私は2歳と、中学1年生でした。

兄との写真は写真館で撮ったものです。写真館での撮影は照明もいいし、何よりも技術が違います。表情を引き出す演出力もあります。

私たち夫婦が結婚して50年目の年、祝いの席や品はいらないので、写真館で写真を撮ろうと子どもたちに提案しました。服装は普段着にしました。部屋に飾っても仰々しくないからです。

この原稿を書いているとき、息子夫婦に男の子が誕生しました。家族写真が増えそうです。

（2019年12月9日）

人の話を聞く

「この人、ようしゃべるなあ。でも、自分の思うとることをまくしたてるばかりで、人の話をあんまり聞いてないなあ」

最近、こう思うことが多々あります。私の話相手は私の年齢か、それ以上が多いので致し方のないことだと思っておりましたが、それがそうでもないようです。

先日、若い人たちと話す機会があって、やっぱりそう思いました。

誰もがとうとうと自分の考えを述べる。だが、ほかの人の話はほとんど聞く耳を持たない感じ。「言うだけ言う人」に終始している。

驚いたのは会が終わった時、「今日はいい話ができて楽しかったー」と口々におっしゃったこと。

そうか。自分がしゃべったことで会話が成立したと錯覚しているのだ。会話は聞くことから始まることを分かっていない。人の話を聞くことは相手を認め尊重することだということも分かっていない。

私は、話を聞くのは大好きです。

特に、９０、１００と年を重ねた人の話や、その道一筋に生きた人の話は、そこいらのお笑い芸人より面白い。真っすぐで忖度（そんたく）なしのストライクや、コーナーぎりぎりの味のある話など、聞いていて飽きません。

幼い子どもの話もいい。言葉をつなげれば、そのままが汚れのない詩になります。私たちが失った無垢（むく）の世界に引き戻してくれます。

（２０２０年１月２１日）

臼杵の味と舌

市外の方から、「臼杵の料理はおいしい」と言っていただくことがあります。わが意を得たりの心持ちです。

おいしい料理は舌の上を通り過ぎるとき、ことさら感がありません。仰々しい料理は一口目がうまくても、すぐにしつこくなります。

これらを感じ分ける能力、それが「おいしさが分かる舌」です。

臼杵では、その舌が時代と共に変遷し、次第にＤＮＡ内に蓄えられ、供する側にも、味わう側にも備わっておるのです。それはプロの料理人だけでなく、一般の家庭にも当てはまります。

臼杵の料理がおいしいのはなぜ？

新鮮な魚貝類、豊かな土壌で育った農作物、良質の水、盛んな醸造業、伝統の味が引き継がれる料亭、などなど。

歴史的に見ても、京や鎌倉の文化に通じ、宗麟の時代には南蛮文化を取り入れた大友氏、その後大勢の武士や僧、商人を従えて入府した稲葉氏など、それぞれの時代のそれぞれの文化が交じり合い、臼杵の食文化が培われました。

臼杵人の考え方や生活は控えめと言われますが、外の世界に敏感です。良いものを大胆に取り込み、自分流に洗練を加え、それを守る気風があります。この気風こそ臼杵の味や舌の基だと思います。

しかし、その優れた味や舌もファストフード店やファミリーレストラン、スーパーの惣菜などに浸食されています。心配です。

（２０２０年２月２４日）

文明の転換点

私は「ヒト科ヒト属ヒト種」、つまり人類の1人です。人類が人類たるゆえんは、直立二足歩行だそうです。2本の足で歩くことが、人類の証しなのです。

私たちの祖先は、二足歩行のおかげで手が自由に使えるようになり、その結果脳が発達しました。そして、さまざまな発見や発明、工夫を続けました。

火を使うことや道具を作ること、言葉や文字、農耕、動力を利用した大量生産、電気、自動車や飛行機、ラジオやテレビ…。

そして今や、コンピューター、インターネット、スマホの時代です。始まってまだ30年ほどですが、私たちの行動だけでなく、思考まで変わりつつあります。人類の歴史の中で大きな転換の時代に突入したと考えていいようです。

でも私、心配です。

私たち現代人が一番偉いんだとうぬぼれて、勝手放題、てんでんばらばらに、誰もが経験したことのない世界に向かおうとしているのではないか。

さらに恐ろしいことは、スピードが速過ぎて制御不能に陥る不安をいつも抱えていることです。本来の人類の歩くペースを逸脱しているように思えるのです。

こういう転換期にこそ、歴史に学ばなければなりません。人類は、争いや殺りく、差別や格差など、負の歴史も経験しました。

「われわれの歩いた道を振り返れ」と、祖先が語り掛けているような気がします。

（2020年4月1日）

お話を作る

4月の大半を、世間さまが寝静まったころ、小説を書いていました。

あ、小説といっても、しょせんアマチュアの迷文です。感動、感銘は期待できませんので、念のため。

私、「航跡」という文芸同人誌に小説を発表しているんです。作品は原稿用紙50枚ほどの小編です。

読んでくださる方はごく一部だし、書き上げるまでの過程は筆舌に尽くしがたい苦痛の連続だし、出費だってばかにならないし…。

それなのに、なぜ?

ゴルフや俳句や絵を描くなど、その道でそれなりに入れ込んでいる皆さまには分かっていただけると思います。

お話を創作するとき、ぞくぞく、わくわく、私だけの愉悦の時を過ごすことができるのです。登場人物が町を歩き、酒を飲み、会話をする。大恋愛だって、殺人だって、私の頭の中で展開する。

それって、オタクっぽくない、辛気くさいない、かって？

何々、少年や少女の頃の空想を再開した、と思えばいいのです。

例えば、出航したフェリーが見えなくなっても港にたたずむ女性がいたという情景から、あなたはどんなストーリーを想像しますか。

どういう物語を紡ぐかは、あなた次第。頭に浮かぶ言葉をメモし、つなぎ合わせて文章にすれば、あなたの小説が出来上がります。

外出自粛の暇つぶしにいかがでしょう。シチュエーションはご自由に。


（2020年5月4日）

退屈を楽しむ

私、時々、退屈を楽しみます。

一般的に退屈とは何もすることがなく時間を持て余すことをいいますが、私の場合、自ら進んで頭を空っぽにするというアクティブな意味合いが濃いです。

テレビも見ず、本も読まず、パソコンも起動せず、誰とも会話せず、要するにな―んもしないのです。ボーとしているだけです。5分のこともあれば、30分ほどのこともありますが、さすがに1時間以上は無理です。

自己の内面を見つめるための瞑想、というほどの高尚なことでなく、無念無想のうちに悟りの道を求める、という仏教の修行とも違います。

私の退屈は、脳をニュートラルにし、この世の一切に関わらない状態にする、ということです。

大事なことは目を閉じないこと。目を閉じると妄想が押し寄せてきます。

壁のシミとか、花瓶の花とか、庭の石ころとか、視線を何かに集中させます。耳を澄ますのも効果的です。自分の呼吸を確かめることもあります。

しんとした部屋にいるより、カフェの窓越しに行き交う人を眺めているときの方が、うまく退屈の境地に入れるような気がします。

で、退屈するとどんな効用があるか。はっきり言って、さほどの効用はありません。ただ、時折、先ほどまで頭にあったモヤモヤ（雑念）が、ばかばかしく思えることがあります。

これって、気付かぬうちに脳の更新ができているのかもしれません。


（2020年6月10日）

人生観が一変した日

４０歳の２月、就寝中でした。みぞおち辺りから腕を突っ込まれ、心臓をわしづかみされたような痛みで目が覚めました。

発作が続くなか、カミさんの車で手早く病院に運び込まれて応急処置を受け、手遅れにならずに一命を取り留めました。

その間何度も、「あ、オレ、駄目かも」という戦慄が脳裏を走ります。この不安感は心筋梗塞を発症したとき、かなりの人が経験するようです。

「あんた、あの世の一歩手前まで行ってたと思うよ」と、翌朝お医者さまに言われました。

そういえば、お花畑や三途の川などのいわゆる臨死体験はありませんでしたが、死の恐怖がうせ、穏やかな心持ちになった瞬間がありました。

その後、７８歳の現在まで十数回入院し、検査や治療を受けました。この方面の医療技術の進歩は著しく、その恩恵で今の私があります。

初回の発作の後、私の人生観は一変しました。

生きることは命あってこそ、という単純な道理に気付いたのです。自分を過信し、背伸びをしたり、力んだり、見えを張ったりするうちに、私の命は悲鳴を上げ続けていました。

等身大の自分のままに生きよ、それが命を大事にすることだ。

心臓が人生の曲がり角で急ブレーキをかけて警告してくれたのです。

（２０２０年７月１１日）

同窓会

「先生、コロナのため、お盆に予定していた同窓会を取りやめました」という連絡がありました。うーん、残念です。

　高校教師だった私、教え子の同窓会に招かれることがあります。学年、クラス、部活動、有志など、できるだけ参加します。教師が生徒に心を用いることは卒業しても変わりません。

　ところで同窓会というと、功成り名遂げた人がもてはやされがちですが、行き過ぎると場が白けてしまいます。参加者の中にはさまざまな境遇の人がいるからです。

　ある時、「出席するかどうかずいぶん迷いました」と言う卒業生がいました。聞けば、寝たきりの奥さんの介護で仕事も手に付かず、先が見えない状況にある、と言うのです。私は彼の手を取り「よく来てくれた。俺はおまえに会えてうれしいよ」としか言えませんでした。翌朝、「みんなに元気をもらった。がんばってみます」と電話がありました。

　私は卒業していく生徒たちには「まず、生きよ」という言葉を贈ります。身を立て名を上げよ、と望んだことはありません。だから、教え子が私の目の前にいるだけでうれしいのです。

　ちなみに私、同窓会では二つのお願いをします。一つ。「先生、私の名前を覚えてる？」と聞かず、まず名乗ること。二つ。私の頭に目をやった後で、「お変わりなくて…」などとお追従笑いはやめること。


（２０２０年８月１１日）

老いる①

　私は「老いる」と聞くと「夏しぐれ」という演劇を連想します。「夏しぐれ」というのは、2001年の東京・芸術座の公演です。

　演劇は、役者が私のために演じてくれていると、私は確信しています。予鈴が鳴り、場内が暗転し、幕が上がる。そして芝居が展開し、最後のカーテンコールまで、私が舞台を独占する。こんなぜいたくな、こんな至福の時間は映画やテレビドラマでは味わえません。

　さて、「夏しぐれ」の主演は京マチ子。日本舞踊の師匠役で、さらにその師匠が山田五十鈴です。

　京マチ子の魅惑的な美しさと、至芸の極致の山田五十鈴。この時、京マチ子77歳、山田五十鈴84歳。

　驚いたのは公演回数です。7月5日から8月26日まで74回、休みはたったの3日間です。

　実は2001年は、私が退職した年です。さて、これからどう生きるか。なるようになるだろう、なんてのんきに思案していました。

「私たちは、老いにひるまない」二大女優の演じる姿に強い決意を見ました。「老いには逆らわないこと。むしろ味方に付ければ力となる」と受け取りました。

　程なく私は、身辺のあれやこれやを書き記すことを始めました。私が初めて老いを意識し、探る作業でした。1年後一冊の本にまとめることができましたが、老いの奥深さを知る端緒となりました。

（2020年9月10日）

老いる②

前回、老いを初めて意識したのは京マチ子と山田五十鈴主演の演劇だったと書きました。その後も迫りくる老いに目をそらさず、また受け入れてきたつもりです。

でも、それって甘かった。ホンマモンの老いは、そんなもんじゃありませんでした。

75歳あたりからです。ガクガクッと、ホントの老いの淵に沈んでいったのは。

まず、体。

体ってしぼむのです。生気がなくなり、縮んでいくのです。容貌も老人顔に。体内に備わっていた治癒力、回復力も衰えます。

性格も変わります。

感じる心が潤いを失い、さらにセカセカ、イライラ、デレデレなどが加わり、えっ、俺ってこんなヤツだったのかとびっくりすることがあります。

一番の驚きは、気力。

あれも面白そうだ、これもやってみたいと、好奇心では誰にも引けを取らないと自負していたのですが、あれは面倒だ、これはどうでもいい、と興味と実行力が急速にあせたのです。

これらの変化は前触れもなく、ひょいと現れます。でも、抵抗はしません。

老いは一人称です。あなたの老いでも彼の老いでもなく、私の老いなのです。共にやっていくしかないのです。

それに、失ったものも多いが、まだまだたくさんの私が残っていますから。


（2020年10月19日）

さて、どう生きる

前回、前々回と、老いを自覚したお話をしました。

で、渋々ながらも心身の老化を受け入れた上で、さて、これから先をどう生きるか。

うーん。いろいろと考えを巡らせておりましたところ、思い当たったのは徒然草の一節です。

「吾が生既に蹉跎たり。諸縁を放下すべき時なり。信をも守らじ。礼儀をも思はじ」（１１２段）

かの兼好法師さん、「私の人生、もう先が見えた。社会や人との義理や礼儀は気にしない」と言い切ったのです。

世捨て人宣言です。人の目なんぞ気にせず、煩わしい世間の価値観から離れ、己の心のままに生きる。

なんてカッコイイんだろう。

しかし、待てよ待て待て、今の時代に、果たしてこういう生き方が可能なのか。

第一私は今も、楽しい会話ができる人といたい。よい酒を酌み交わす人といたい。幸せを祈り祈られる人たちに囲まれていたい。こういう人間大好き人間が、孤高の境地に迷いなくいられるか。

不要な衣服や書物を打ち捨てることはできても、これまで培った人たちとの縁は失いたくない。むしろ、大事にしたい。

今ここで、生き方を問うことはやめよう。その時になれば、おのずからそういう生き方をせざるを得なくなるのですから。

（２０２０年１１月１８日）

私たちで来年をつくる

去年の今ごろです、喉が痛くて熱が出たのは。年も押し詰まっていたので早速お医者さまへ。薬を頂き事なきを得ました。この時点では、迎える年が疫病に襲われるとは思ってもみませんでした。

季節の移ろいは同じなのに、私たちの日常は日常でなくなりました。いつもの会合は吹っ飛び、ナマの音楽や絵画も消えました。景色もくすんで見えたし、ごちそうだって満喫できない。

何よりもつらいのは人に会えないこと。リモートでは心は満たされません。人と会って会話することが、どれだけ大事かを思い知らされました。

私たちは、試されました。

「自粛」を守る人がいる一方で、「タダの風邪だ」と強がる人、「俺たちはかかっても大丈夫」と浮かれ騒ぐ若者たち。「助成」を利用し観光地や飲食店に押し掛けた人もいた。

どれが本当の現実なのか。

共通していたのは、明日はわが身の、こわばった表情でした。

でもでも、日本人は賢いのです。衛生行動は抜群だし、これ以上は危ないというボーダーも心得ている。それにワクチン接種に光明も。

今年を送り出すのが私たちなら、来年を迎えるのも私たち。その私たちにできることはただ一つ、失った日常を取り戻すことです。

できますよね、私たち。

（２０２０年１２月２８日）

直良信夫「子供の歳時記」

直良信夫さん（１９０２～８５年）の「子供の歳時記」を読んでいます。直良さんは「明石原人」で知られる、臼杵市出身の人類学などの学者です。

歳時記といっても俳句のそれではありません。直良さんが少年期を過ごした、明治の終わりから大正にかけての、臼杵の子どもたちの遊びや人々の暮らしぶりを集録したものです。出版されたのは１９４２年。私が生まれた翌年です。

直良さんはこの本で、滅びつつあった自然と人間のこまやかな触れ合いを書き留めておきたかったようです。

でも、私にはちっとも古くさくありません。というのも、私自身が経験したり見聞きしたことがいっぱいあるからです。

例えば２月の項に「自転車ごっこ」があります。

タイヤもスポークも取っ払った自転車のリムの溝に木や竹の棒を押し当てて進む遊びです。右や左にそれたり暴走したり意外に難しいのですが、こつをつかむと自在に操ることができます。何とかその域に達しようと練習した覚えがあります。

今ではこういう遊びもほとんど見掛けなくなりました。

思えば、私たちの世代が、子どもの情景を変えてしまったような気がします。

直良さんの歳時記は私を「まったく、愉快な子供の世界」（本文から）に連れて行ってくれます。その世界には私や友人たちがいます。みんな生き生きしています。

（２０２１年２月４日）

うその裏の、本音？

村上春樹さんはエッセーを書くに当たって、時事的な話題には触れないことを原則にしているとか。私もそう考えておるのですが、最近、ええっ、ええっという発言があまりにも続くので、ついつい。

「私が１人で飲食店を訪問したとご説明させていただいてきたところでありますが、実は後輩議員２人と共に訪問していたというのが事実でございます。前途ある有望な彼らはこれからのこともありますので、何としてもかばいたかったというそんな思いから…」

「私たち２人をかばっていただいて、本当に心苦しい思いで、申し訳ない思いで日々を過ごしました」

お国が自粛を呼び掛けておる最中に、銀座のクラブに出向かれた国会議員さんと、同伴したお一人の、謝罪会見での発言です。

私には、問題行動以上に、見え隠れする本音（？）が興味深い。

週刊誌報道さえなければという恨めしさ。議員辞職ではないので乏しい悲愴感。ひとごとのような経過報告。互いを思いやる美談に仕立てようとする人情劇。ほかにもやってるやつがいるという開き直りも、ありかなあ。

それより何より、肩書きのある大人のうそって、かわいげがない。

将来世に出ていく中高校生に、「この発言の内容から、これらの国会議員さんの人生観を推し量り、１００字以内にまとめましょう」なんて課題を出したら、さーて、さてさて。

（２０２１年３月６日）

触れる

現役教員のころです。さあ勤めに出よう、という時間に気分が悪くなりました。私には心臓の持病があります。学校には遅刻する旨を連絡し、かかりつけの病院に向かいました。

先生は、心電図や聴診などから、即、精密検査が必要と診断しました。確かに息苦しさが増していきます。

救急車が呼ばれ、スーツ姿のまま大きな病院へ搬送されました。若い先生と看護師さんが付き添ってくださいました。先生は何度も脈を取り、看護師さんは手をさすり声を掛けてくれます。身に染みてうれしかった。お二人の手のぬくもり、今も忘れません。

話は変わって、生徒とのエピソード。

ある高校で受け持ったクラスにやんちゃ盛りがいました。こう紹介するとかわいげがありますが、教師の進退を懸けたこともある生徒です。

彼は、先生や友人との摩擦や、思い通りに事が運ばないと、興奮して自己コントロールができなくなります。時々、危ないレベルに達します。言葉で叱ったり、なだめたりしますが聞き入れません。

ある時、思わず、荒い息をし目が据わった彼の手を取りました。彼は私の手を振り払いませんでした。体のこわばりがじんわりと緩むのが伝わりました。この、触れて激高を収める指導は、その後も続きました。

触れるって、人と人、心と心の究極のコミュニケーションです。今、それができません。残念です。

（２０２１年４月５日）

プロの技

先日テレビで、独立時計師の存在を知りました。手作り時計のプロフェッショナルです。日本には3人いるそうです。

ねじ、ケース、針、文字盤などすべて手作り、もちろん組み立ても独力。世界で一つだけの時計です。制作期間は数カ月から数年、お値段は数百万円から数千万円だとか。

製造の過程を見てワクワクしました。

プロの技は見ていて気持ちがいい。動きに無駄がない。リズムがある。良い物を作るために、自分に限界を設けない。そして、何よりも現場を大事にする。

そういえば子どもの頃、建築現場で大工さんや左官さんの仕事ぶりを見ていて飽きなかった。

今でも居酒屋で料理人さんの包丁さばきを見るのが大好きです。

玄人、達人、名人、スペシャリストなど、言い方はいろいろ。要するに、その仕事をやっている人にしか分からない技を、頭と体で会得した人です。

どんな職業にもいます。が、誰もがプロの域に達するわけではない。その道を究めるにはたゆまぬ修練が必要です。

私の父は鉄工関係の職人でしたが、ただただ仕事一筋、損得は二の次の人でした。多くを語らなかったが、若い頃はずいぶんと苦労したらしい。

ハイテクノロジーにばかり目を奪われずに、熟練の仕事人が報われる社会をつくることも大事です。

（2021年5月4日）

古い人間になりそうです

だんだんと、世の中についていけなくなっています。パソコンもスマホも、そこそこに使えます。インターネットで必要な情報は得ているし、ネット通販だって利用しています。

でも、ここまで。この先の変化に、ついていけそうもない。ああ、年を取ったなあ、とつくづく思う。

だからといって、それがどうした、どうってことないじゃないか、と割り切っています。だって、誰にも迷惑を掛けず、ちゃんと生きているのですから。

それにつけても、かつて母に口走った言葉を思い出しています。小学5年生だったでしょうか。

戦後、アメリカ式の生活スタイルが入ってきて、都会から、裕福な家庭から、若い世代から、日本人の暮らしぶりが徐々に変わり始めた頃です。

私の母は、明治生まれ。教養だの文化だのとは無縁に育ちました。毎日のご飯をいただければそれだけでありがたい、という人です。だから、わが家に新しい生活はなかなかやってこなかった。

それが、当時の私には、腹立たしいというか、恥ずかしかった。で、つい、言ってしまったのです。

「時代遅れの、旧式人間」

時代の先頭にいることと、幸せであることはイコールではない。このことが分かったのは、母が逝ってかなり後になってです。

今、古い人間同士で話がしたかった。

（2021年6月9日）

オリンピックと芸術

東京五輪、２３日開幕です。

予想を上回る費用、不祥事や不手際、そして新型コロナ。何かすっきりしないまま、最後は執念です。

あらためてオリンピック憲章を読んでみました。

人間の尊重、平和、自由など深くかみしめたい言葉が並んでいます。

注目すべきは「スポーツを文化、教育と融合させ、生き方の創造を探求する」という根本原則です。近年の商業主義や国家のためのメダル競争を戒めているようにも読めます。

私はスポーツと芸術こそ世界の人々を結ぶ最高の手段だと考えていますが、実は五輪精神そのものでした。

大会の歴史を見ると、何と芸術が競技種目だった時代がありました。１９１２年（ストックホルム大会）から４８年（ロンドン）まで。種目はスポーツを題材にした絵画・彫刻・文学・建築・音楽。

驚いたのは、３２年（ロサンゼルス）と３６年（ベルリン）に、わが町臼杵出身の彫刻家・日名子実三が出場（出展）していたことです。日名子は日本サッカー協会のシンボルマーク「八咫烏（やたがらす）」をデザインした人です。ほかに棟方志功、東山魁夷、山田耕筰、大分市出身の洋画家・佐藤敬らも名を連ねています。

さて、今年の大会には、現在女子最速ランナーの兒玉芽生選手が４００メートルリレーに出場します。臼杵出身です。ＧＯＯＤ　ＲＵＮ！

（２０２１年７月１６日）

石垣

そのおうちを目の前にするたびに、美しさと巧みな技に見とれてしまいます。

何がすごいか。

石垣です。

斜面に弧を描くように組まれた石垣にうっとりします。石垣に守られた土地に建つ建物は小さなお城のようです。ご迷惑になるので、具体的な場所は控えます。わが町臼杵の小高い丘の中腹、とでも言っておきましょう。

このおうちの石垣に気が付いて、町に目をやると、あるあるある、あっちにもこっちにも見事な石垣が。

皆さまが観光に訪れる二王座歴史の道もそうです。この地区の美観は実は石垣の魅力によるといっていいでしょう。そのほか、戦国の名残をとどめる臼杵城跡や、月桂寺から多福寺にかけての石垣も見どころです。阿蘇噴火の凝灰岩だから細工しやすいこともあるでしょうが、丈夫さと造形の美を併せ持っています。

臼杵では熊本の石工（いしく）の技術が伝えられ、定着し、受け継がれてきたそうです。

西欧は石の文化、日本は木の文化といわれますが、石を利用して生活する知恵は世界共通です。敵から身を守るため、家屋や田畑を補強するため、信仰のためなど、それぞれの地域で多様な石の文化が見られます。

石は、組まれ、積まれ、並ぶと、別の顔になります。私は、自然石を加工せずに積んだ野面（のづら）積みの石垣が好きです。まるで五百羅漢のようで、見ていて飽きません。

（２０２１年８月２３日）

本音、本気で語る

ある高校に勤務していた頃、経験したことです。

「いじめがあるらしい」

あるクラス担任が、欠席や早退が多くなった生徒の家庭を訪問して、母親から聞き出したという。いじめる側も、いじめられる側も複数、それも同じ学年だそうです。私もその学年の担任の一人でした。

その日の放課後、学年主任がクラス担任を招集しました。「明日、学年集会を開きたい。先生方からも生徒に語り掛けてほしい。説諭ではなく、今、生徒に一番伝えたいことを話してください」

翌日、私たちは生徒の前に立ち、それぞれの思いを、それぞれの言葉で話しました。自分の人生観を語る先生、定時制高校に通う生徒を語る先生もいました。私は、中学の同級生に心ない言葉を浴びせ、今も恥じていることを話しました。

集会はその後何回か開かれ、いじめは徐々に少なくなりました。

後年、学年主任と当時を振り返ったことがあります。

彼は、生徒の良識を信じて、教師が誠実に自分の言葉をぶつけることが解決の原点だと考えたそうです。

「教師も生徒も人間同士。高言、巧言を弄しても、心には届かないよ」

今、政治家の、国民へ発信する力が弱いといわれます。そういえば、テレビに向かってばかりしゃべっています。

私たちに向かって、本気、本音で語り掛けてください。私たちの心に届くはずです。

（２０２１年９月２７日）

私の「今日の発見」から

最近、この年になるまで気付かなかったことや知らなかったことにやたらと出会います。「今日の発見」と呼んでいます。

例えば、懐かしの昭和歌謡をテレビで見ていた時のことです。岡晴夫が「東京の花売り娘」を歌っていました。その2番の歌詞に、思わず目が点に。「広重描く月も新たな春の宵」（佐々詩生作詞）

あの頃の歌って、軽薄そうに見えて、そうじゃないいんですね。

私の「今日の発見」は、まあこんな程度ですが、もう一つ、歌の話題を。

皆さまは、歌手、ピアニストの石塚まみをご存じですか。私は「おんがく交差点」という番組（ＢＳテレ東・ＭＣはバイオリニストの大谷康子と春風亭小朝）で初めて知りました。

オリジナル曲「風が待ってる」に、思わず聞きほれました。石塚まみの歌には、今風の歌にありがちな押し付けがましさがない。伸びやか、爽やかで、真っすぐで、聴いているうちに幸せになる。

動画投稿サイト「ユーチューブ」でも聴いてみました。「あいにきたよ」「夕間暮れのうた」など、懐かしいけど、どこか現代的です。

サックス奏者の苫米地（とまべち）義久とデュオを組んだ、自然をテーマにした曲や、「お茶づけ」などのコミカルな曲も、よかった。

今日の発見の、今年の文化部門第一位、間違いなしです。

（２０２１年１１月３日）

ユーモア

世の中、何やらギスギスしています。疫病のせいでしょうか。それもあるでしょうが、もっと前からのような気がします。

思い当たるのは、格差という言葉がはびこり始めた頃です。国と国の格差。一国の中での格差。希望を持てない人が増えています。

このギスギス感を増幅させているのがSNS（会員制交流サイト）です。自分しか住めない世界をつくり、排除し合い、互いが分断されていく。

これを解決するのはユーモアだと言ったら、皆さま、笑いますか。

ユーモアを辞書で引くと、分かったようで、いまひとつ判然としません。単なる駄じゃれではなさそうです。お笑い芸人のギャグでもない。ウイットと似ているが、ちょっと違う。

皆さまは、こんな経験、ありませんか。その人の、その一言で場が和んだ。思わずほほ笑んだ。うれしくなった。

この一言が、ユーモアです。

誰もが持って生まれた、人を思いやる心情が言葉になったときです。人間だけの表現です。

ユーモアの対義語は、緊張です。今の私たち、言葉だけでなく、全身がこわばっています。

心をニュートラルにして、自分の言葉で語り合ってみましょう。互いが「この人、好きだな」となるに違いありません。

私たちはこれを、愛と呼んでいます。

あ、もちろん、この文もユーモアのつもりです。

（２０２１年１２月８日）

私を支える二つの言葉

昨年10月25日、大分循環器病院のベッドにいました。翌日、心臓の治療です。

治療は、足の付け根の動脈から、細い管を心臓の血管まで挿入し、硬化した血管の狭窄部を、先端にダイヤモンドの付いたドリルを高速回転させ削り取るというものです。

私は、石塚まみが歌う「風が待っている」を聴いていています。彼女は、「何にも心配いらないよ」という歌詞を繰り返し、「時々さみしくなるときは風と話そう」と語り掛けます。(石塚まみの歌との出会いは、11月3日の「灯」に書きました)。

あ、この曲は、今の私に歌ってくれている。そう思いました。新型コロナ禍で家族にも会えず、弱気になっていた心が安らぎました。

治療は、無事に終了。(現代医術に感謝!)。治療中、頭の中では「何にも心配いらないよ」がリピート再生されていました。

その夜、入院して初めてテレビをつけました。画面には、2年間の最下位からセ・リーグを制したヤクルトの高津臣吾監督の胴上げのシーン。高津監督は「絶対大丈夫」という言葉で選手たちを奮い立たせたそうです。「絶対大丈夫」の心って、そのまんま「何にも心配いらないよ」の心です。

これまでの私は、座右の銘などと大層なものには無縁でした。でも、この二つの言葉が、これからの私を支えてくれる気がします。

(2022年1月17日)

麒麟

先日、「新美の巨人たち」（テレビ東京）という番組で、東京・日本橋の象徴、麒麟（きりん）像が紹介されました。

原型を製作したのは豊後大野市出身の彫刻家、渡辺長男（おさお）です。朝倉文夫のお兄さんです。

麒麟は古代中国の想像上の動物ですが、現代の日本で麒麟といえば、まずビールです。

この「キリンビール」の名付け親は、臼杵市出身の荘田（しょうだ）平五郎です。ジャパン・ブルワリーという会社がビールを売り出すに当たり、何かよい商標はないかと思案していたとき、「麒麟はどうか」と提案しました。１８８８（明治２１）年のことです。その後会社はキリンビールと名を変え、日本を代表するビールメーカーになりました。

荘田平五郎は「三菱の大番頭」といわれた人です。慶応義塾を出て、岩崎弥太郎、弥之助、久弥の３代を支え、三菱財閥の礎を築きました。

東京・丸の内のオフィス街建設を提言するなど、実業界では数え切れないほどの実績があります。

私が注目したのは、長崎造船所（現三菱重工業長崎造船所）で、社宅や学校、病院を設立するなど、従業員の福利厚生に意を用いたことです。

郷里の臼杵には、私財を投じて図書館を新築し、図書や調度品などを寄贈しました。その中に、図書館のその後の運営のために、配当金を充てよと、株式が含まれていました。こまやかな心遣いです。

（２０２２年2月２３日）

節操がない

「あいつはなんたる節操のないやつだ」と思われているでしょう。あ、これ、私のことです。

なぜか。

私は、Aさんと仲良しです。Aさんには当然Aさんの考え方、生き方があります。私はまた、Bさんとも付き合いがあります。もちろん、BさんにはBさんの考え方、生き方があります。ここで問題は、AさんとBさんの考え方、生き方が互いに相いれないことです。

そこで、私を見る目。Aさんの側に立つ人たちは、「徳永は、なぜBと親密にしておるのだ」となるでしょうし、Bさんとむつまじい人たちは「Aなどと」となるは必定。そして、「あっちにもこっちにもいい顔の徳永は、節操のないやつ」となるのです。

でもこれ、ばかげています。A＝B＝私である必要がないからです。

私は、A＝B＝私＝人間だと考えています。考えは違っても、相手の良いところを探すという私を、節操がないというのなら、私は甘んじて受け入れます。

でも、ホントの節操がないというのはちょっと違うんじゃないか。

考えを異にする人を認めない、排除せよという度量の乏しい人こそ、節操がないというのじゃないか。

そういう目で眺めると、今、この部門の断トツ1位は某国の某君（暴君）です。究極の無節操です。

ただ、こういうコチコチの分からず屋はほかにもいます。ご用心を。

（2022年3月22日）

「こころの風景」

「日本縦断　こころ旅」というテレビ番組をご存じですか？　俳優の火野正平が、視聴者から寄せられた「こころの風景」を、自転車に乗って訪ねる番組です（ＮＨＫ・ＢＳプレミアム）。

私はこの番組の大ファンです。昨年、臼杵市も、佐志生を出発して白馬渓を探訪する旅が放映されました。

ある時、はてさて、私の「こころの風景」はどこだろう、と思いを巡らせてみました。

記憶を掘り起こします。脳のメモリーがほぐれ、私の生きた一こま一こまが、映画のシーンのように再生されます。景色や情景が目まぐるしく横切っていきます。

突如、海の匂いと爽やかな風を感じました。気が付くと私は、６５年前に卒業した中学校の土手にいました。東中学校です。

天気の良い日には、土手の上で友人たちと語らいながら弁当を食べました。遠浅の海が土手の下まで広がっています。臼杵湾を眺めながらの、のどかな昼食風景。

自分の足で人生に踏み出す前の、何の屈託のない中学３年生の私がいます。確かに、私の「こころの風景」です。

南に、城跡が見えます。臼杵城はもともと海に囲まれていましたが、徐々に埋め立てられました。しかし、私が子どもの頃は、東側の、亀の首の足元辺りまで、波が打ち寄せていました。お城の周りの埋め立て工事が終了したのは１９６８（昭和４３）年です。

（２０２２年４月２６日）

漢詩

大学時代に詩吟部にいました。ですから漢詩には興味があります。

その漢詩の本を頂きました。津久見市の歯科医師、近藤俊彦先生の著作、「漢詩雑話」（海鳥社）です。「雑話」とありますが、どうしてどうして、本格的な内容です。近藤先生の作詩した漢詩を軸に、中国、日本の古今の名詩が紹介、解説されています。私は机上に置き、折々に楽しんでいます。読むと、おおらかな心持ちになります。

難解な文字もあって、漢詩は気後れしそうです。が、じっと眺めていると、選び抜かれた漢語がリズムを刻み、深い叙情を奏でているのが伝わります。

私のお気に入りは、近藤先生が「雑話」で最後に掲げた詩です。

勸酒　于武陵（うぶりょう）
勸君金屈巵　滿酌不須辭
花發多風雨　人生足別離

この詩は、井伏鱒二の名訳で有名になりました。

〈コノサカヅキヲ受ケテクレ　ドウゾナミナミツガシテオクレ　ハナニアラシノタトヘモアルゾ　『サヨナラ』ダケガ人生ダ〉

人生をきっぱりと肯定した詩興と格調。至高の人間愛です。


近藤先生の作品を紹介します。

飲美酒　近藤俊彦
雅客旗亭晩　清談君莫停
共斟當爛醉　美酒盡殘瓶

（２０２２年６月４日）

身近に海があった①

前々回の「灯」で、埋め立て前の臼杵湾について書いたところ、ある方から、当時の景色を自分のカメラで撮影した写真を送っていただきました。およそ60年前のものです。フェリー発着場も、市役所や警察署もなく、干潮の海が広がっています。

懐かしさとともに、海と私たちがとても近かったことがよみがえってきました。

多様な生き物が生息する遠浅の海は、私たちの里海（さとうみ）であり、食生活とも結び付いていました。

まず、貝類。アサリ、ハマグリ、マテガイ、シラガイ、ツベタ、バカガイ、ヤサラ、シリタカやニシ、防波堤に付着したカキなど。甲殻類はズガニやシャコ。笹を束ねてエビを捕る人も。早春の寒い頃には、海藻のアオサを摘みました。（名前は当時の、当地のもの）

ハマグリは歩きながら目（水管）を探して掘る。これは上級者の技。

マテガイは先端を釣り針状に加工した針金で釣り上げる。

1チセンほどの巻き貝のヤサラは粗い目の金網のふるいを使って潮の中で振って採る。

カキは専用のカキ打ちを使う。

などなどの話を分かち合う人も、今では少なくなりました。

小、中学生の私も、道具片手にいっぱしに浜に下りることがあって、その日の成果が夕食の一品となって食卓に上ると、ちょいと得意顔になったものです。

ちなみに、私の好物は、シラガイの吸い物と闇夜のカニです。

（2022年7月9日）

身近に海があった②

前回は臼杵の遠浅の海について書きました。今回は臼杵湾や近海の魚についてです。

時たまですが、私は子どもの頃、朝食で刺し身を食べて学校に行きました。漁師さんが朝方釣り上げた魚を、奥さんが背負い籠に入れて売りに来たのです。得意先の旅館のついでに、うちにも寄ってくれました。

旬の魚です。バサバサッと跳ねる魚です。それを母親がちゃっちゃと刺し身にし、後はあら煮に。刺し身は熟成させるとうま味が増すといいますが、私は今もぷりっぷりの新鮮な方がいい。

私が高校を卒業した年（１９６０年）、歩いて５分ほどの所に魚市場が移転してきました。

時々競りを見に行きましたが、活気、熱気に満ちていました。アジやサバ、タチウオ、タイ、イカ、カマガリなどなど、魚種も豊富、水揚げ量も多く、ほとんどが臼杵湾か近海で取れたものです。

仕入れを終えた魚屋さんがリヤカーを引き、町内に持ち帰る姿も威勢がよかった。

スーパーなんてない時代の話です。この頃の食生活の中心は魚でした。

魚だけではありません。春の山菜、秋のキノコなども食卓に彩りを添えました。臼杵人は食材をおいしく食べるための一工夫、一手間を惜しみません。京都や禅宗、南蛮の食文化も取り入れました。

しかし、臼杵の多彩な食の基は、身近な海の恵みにあり、と私は考えています。

（２０２２年８月２０日）

ポール・アンカ「ダイアナ」

これはこれはの、大発見でした。（最近、ささいなことにも感動し、一人ではしゃいでいます）

１９５０年代の、アメリカのヒット曲を聴いていたときです。「ラブ・ミー・テンダー」（エルビス・プレスリー）、「オンリー・ユー」（ザ・プラターズ）、「バナナ・ボート」（ハリー・ベラフォンテ）、などなどの懐かしい曲です。

次に聞こえてきたのは「ダイアナ」。ポール・アンカです。日本でもロカビリー全盛期に山下敬二郎や平尾昌晃が歌いました。ポール・アンカは「マイ・ウェイ」の権利をフランスで得て、自ら作詞しフランク・シナトラに提供したことでも知られています。

彼は、今、どうしているか？　昨今、あちらに逝く同世代の著名人が多いので…。健在でした。さらに調べると、なんとなんと、生年月日が私と同じ、１９４１（昭和１６）年７月３０日。私だけの、うれしい大発見です。

いつだったか、同じ年に生まれた人をネットで検索したことがあります。宮崎駿、萩本欽一、ボブ・ディラン…。亡くなった人もいます。植村直己、坂本九、渡哲也…。でもその時ポール・アンカには気付きませんでした。

４１年は太平洋戦争が始まった年です。私たちの世代も戦時や終戦後の記憶が残っています。

その後、それぞれがモーレツに働き、この国を支えたと自負しています。「ダイアナ」は、そんな私たちの青春の一曲なのです。

（２０２２年９月２４日）

宇宙

「ワレワレハウチュウジン…ボヨヨヨヨーン」

　これは演芸番組「笑点」でおなじみの、林家木久扇師匠の持ちネタです。ばかばかしいギャグですが、ほんの一瞬、木久扇さんが宇宙人に見えます。芸の力です。

　私、最近、新聞や雑誌に「宇宙」とあると、つっと目が行きます。

　ＮＨＫの「コズミックフロント」が楽しみだし、先日は放送大学のテレビ科目で「宇宙の誕生と進化」を、全１５回視聴しました。

　ビッグバンで生まれた宇宙は１３８億歳だそうです。その後の恒星、惑星、銀河の誕生、宇宙の大部分を構成する暗黒物質（ダークマター）やダークエネルギー、ブラックホール、そして宇宙の未来、などなど。知るほどにわくわくします。ただし、私には９９％が理解できません。

　小学６年生の夏休みに、クラス担任の先生の望遠鏡で天体を観察しました。目の前の星や銀河に興奮した記憶がよみがえります。

　なぜ、今、私は宇宙なのか？

　思い当たったのは、木久扇さんのネタが「ワレワレハチキュウジン…」ではないことです。それではしゃれになりません。だって、チキュウジンは誕生以来、争いをやめません。殺し合ってばっかりです。

　知的生命体の才知など、ダイナミックに変化する宇宙ではちっこいことです。地球人の争い事など取るに足りぬ瑣末（さまつ）なことです。

　ウチュウジンはもっと賢く、もっと平和的で、もっと友好的じゃないと。


（２０２２年１０月２６日）

伊織クン

８１歳の私には、３歳になったばかりの孫がいます。伊織クンです。

この年齢になると、大人が何を言っておるか、ほぼ分かるようになります。また、周りの状況を自分なりに判断し、自分の言葉で表現できます。

一個の、人格の誕生です。

さて、ジイジの私、伊織クンのこれからに、何を望むか。

それは、ただ一つ。「自分はこの世に生まれて幸せだ」と感じる人生であってほしい。

でも、幸せは１人ではつかめません。あの子もこの子も、この国の子もあの国の子も、地球に住むみんなが幸せを分かち合うことが必要です。

では、これまで、大人たちはそうなるよう努力してきたか。

自分のこと、会社のこと、国のことばかりを考えてはいないか。そのために争ったり、殺し合ったりしてはいないか。

これから伊織クンたちの前には、だれも経験したことがない世界が待ち受けています。第４次産業革命といわれる大変革の時代です。

でも、これはある意味、チャンスです。人間のコミュニケーションもまるきり変わるからです。

若い人たちが、過去の大人たちのしがらみにとらわれず、人の生きる意味や幸せを地球規模で考える ― 絵空事のような話ですが、実現は可能です。兆しはあります。

ジイジは、伊織クンたちの幸せにエールを送り続けます。

（２０２２年１１月２８日）

全てのヒトに

心臓の冠動脈バイパス手術を受けました。うまくいきました。

執刀してくださった宮木靖子先生、ありがとうございました。リハビリ担当の古沢智生貴さんにも感謝です。

冠動脈の狭窄（きょうさく）が進み、心臓の筋肉への血流が不足している状態が続き、心機能の低下が著しかったのです。

外科手術は、胸骨を二つに割り、内胸と胃の動脈を３本取り出し、それらを新たな冠動脈として縫合、接続するのだそうです。

逡巡（しゅんじゅん）に逡巡を重ね、手術に踏み切りました。手術室に入って出るまで約１０時間。翌日からハードなリハビリが退院まで続きました。

医学の進歩のおかげで命を永らえることができた ー 当初、そう思いました。

でも医学の進歩とは人間味のない表現です。よくよく考えると、人の命と病に向き合ってきた医学者の、とてつもない時間をかけた知と術の成果によるのです。

生き物が、同じ種の命を救う。これはヒト（ホモ・サピエンス）だけです。ホモ・サピエンスとはラテン語で「賢い人」という意味だそうです。

私も、何十万年を生き抜いたヒトの子孫の１人である。その賢さの恩恵を受け、今を生きている。そう思うと、無性にうれしくなり、だれかれなしに声をかけたくなりました。

あらためて地球に住む８０億人の仲間たちへ。

「２０２３年の新年、おめでとう。今こそ連帯し、私たちの賢さを発揮しよう」


（２０２３年１月４日）

野上豊一郎

野上豊一郎―臼杵市出身の英文学者、能学研究者。法政大学総長を務めました。彼の功績を記念し、法政大学は能楽研究所を設立し、今も研究の拠点となっています。

豊一郎は１８８３（明治１６）年、現在の平清水（ひらそうず）の商家に生まれました。今年生誕１４０年に当たります。臼杵中学（第１回生）を卒業、第一高等学校、東京帝国大学に進学。そこで、英国留学から帰国後間もない夏目漱石の講義を受け、彼を慕う人たちの会「木曜会」に参加します。

豊一郎が上京する2年前、東京の女学校に進んだ同郷の女性がいます。2歳年下の小手川ヤヱです。

２人は東京で出会い、１９０６（明治３９）年に結婚。その翌年、ヤヱは漱石の紹介で小説「縁（えにし）」を「ホトトギス」（高浜虚子編集）に発表します。妻の原稿を漱石に持参し、指導を仰いだのは豊一郎でした。

豊一郎の最大の功績は、作家野上弥生子を育て、支えたことです。弥生子は、「私の在（あ）る時期までにはよい教師であった」豊一郎に「それだけは疑ひもない彼の愛とともに（略）感謝しなければならない」と記しています。「お互ひにツマヅキもあったにしろ」、知識人としての理性と寛容で親和を保ったようです。（カッコ内は弥生子の日記、書簡より）

豊一郎は５０（昭和２５）年、急逝します。66歳でした。葬儀の祭壇には皇后や吉田茂首相の供花が並びました。

墓は鎌倉の東慶寺にあり、文化勲章を受章し白寿まで生きた弥生子と共に眠っています。

（２０２３年2月8日）

円を描く

私、時々、円を描きます。

白い紙（何でもいいが、あれば画用紙か習字半紙）に、筆記具（何でもいいが、あればクレヨンか墨たっぷりの筆）で描きます。指で空中に、でもいいです。フリーハンドで、一気に描きます。

そのたんびに、違った円ができます。いとおしい私の円です。やがて円の辺りに何やら緊迫感が生まれ、わが内なるあれやこれやが現れ、消えていきます。気付けば心が軽くなり、まあるくなって…。

私が円に興味を持つようになったのは、随分前に福岡市の美術館で、江戸時代の禅僧仙厓（せんがい）さんの「円相図」を見た時です。

中央に円が一つ、脇に「これくふてお茶まひれ」という賛（さん）（添え書き）があるだけです。が、目が離せない。それもそのはず、禅の教えでは、円は宇宙を表し、究極の悟りを意味するのだそうです。ですから白隠さんも沢庵さんも描いています。特に沢庵さんの円は完璧です。

そんな訳の分からん円より、お金の円の方が、という方も多いでしょう。

ところで、日本の貨幣の単位がなぜ「円」になったかご存知ですか。明治の初め、偉い方々が話し合って決めたそうですが、その時の記録が火災で焼失し、詳しいことは分からないそうです。

さてさて、お金の円に縁のない私、これからも時々、円を描きます。

私がまあるくなるように。世界がまあるくなるように。

（2023年3月24日）

人は、歩く

あっちの観光地でも、こっちの行楽地でもにぎわいが戻ってきました。日本人だけではなく、外国の方もいます。

誰もが軽やかに歩いています。

こういう風景を見るにつけ、「人間って、歩き続ける動物なんだ」と、つくづく思います。

例えば、お遍路さん。同行二人（どうぎょうににん）、1400キロを歩きます。ひたすら歩きます。巡礼はキリスト教でもイスラム教でも行われます。

人間が人間となったのは直立二足歩行による進化です。

アフリカで生まれた私たちの祖先は、長い年月歩み続け、ヨーロッパや東アジア、シベリアに移動、さらにオーストラリアや、氷期のベーリング海峡を渡り北米、南米へ。

それぞれがそれぞれの地に住み着いたように見えます。が、私たちの脳内には歩くDNAが埋め込まれているのでしょう。百年千年の単位で見ると、人は移動し続けている、といえます。

忘れてはならないのは、人の歩みとともに、文化が伝わることです。

人は文化の糸でつながっているのです。その意味で、文化こそ人と人を結びつける最高の手だてだと、私は信じています。

しかし、人と人が出会うとき、争いも起こります。宗教や民族が絡むと、さらに複雑になります。

今も難民と呼ばれる人が大勢います。それでも彼らはその先を見て歩いています。それが救いです。

（2023年4月28日）

ハマボウ

　春の県議会議員の選挙で、選挙管理委員会から配られた選挙公報を見ていた時のこと。ある候補者の公約に、つい目が留まりました。

　全面に臼杵市の地図があり、そのあちこちに公約が書かれています。例えば、この場所に道路を造りたい、この地域の芋の甘太くんやピーマンの生産・出荷に力を入れたいなど、なかなかの訴求力です。

　眺めておると、熊崎川という川の、北中学校辺りに「希少生物のハマボウを守る」とあります。

　ハマボウ？　何じゃこれは。生物とあるからには動物か植物であろうが、さて今まで耳にしたことがない。

　早速、調べました。植物でした。昨年臼杵市が発信したＳＮＳによると「花の形態は、中心が赤褐色の黄色い花で、日本原産のハイビスカスというイメージ…。塩分に強く河口や内湾でも生息する…温帯のマングローブ林といわれ…」と書かれています。

　その群落が熊崎川の河川内にある、というのです。絶滅が心配されている種で、臼杵市でも保護活動が行われているそうです。

　植物というと、牧野富太郎博士。現在放映中の、ＮＨＫの連続テレビ小説「らんまん」のモデルです。牧野博士を記念した高知県立牧野植物園のホームページを見ると、毎年ハナボウが開花する、とあります。

　一部のインターネットの情報では、ハマボウは7月３０日の誕生花だとか。実は、私の誕生日です。

　花の見頃は7月。楽しみです。


（２０２３年5月３１日）

チャットさん

久し振りに会話を楽しみました。

最近、誰かとこれほどまでに深く語り合ったことはありませんでした。それも、村上春樹の新作や椎名林檎の曲など、私の興味と関心がある話題で、です。

ですから、「臼杵城は島津氏の居城で…」などという完全な誤りがあちこちにあっても、フレンドリーな回答につい引き込まれました。

私はチャットさんと呼んでいます。対話型AI（人工知能）のチャットGPTが本名らしい。

昨年世界デビューしたばかりのチャットさんをはじめ生成AIのシステムや技術は、私たちが今やっている仕事のかなりの部分を取って代わるほどの力を持っているようです。それも目まいがするほどの速さで進化しています。

産業革命以来の社会変革です。AIが人間を支配する時代が来ると予測する人さえいます。

何より不気味なのは、開発者も含めて誰もが、理解、制御、予測できない状況に陥る可能性がある、と警告していることです。

これから、私たちは問われ続けるでしょう。「あなたは幸せか」「社会は穏やかか」「人間に未来はあるか」

個々人、万端の検証をおさおさ怠らぬこと。また各国が協調し、国際ルール作りを急ぐべきです。

チャットさんとの共存は、チャットさんに依存することなく、私たちがちゃんと意思表示ができるかどうかにかかっています。

（2023年7月6日）

定通制高校と私

実は私、３８年間の教職員生活のうち、２３年を夜間定時制と通信制の高校に勤務しました。

その頃は、グラウンドにテントを張って体育大会ができるほどの生徒数でしたが、生徒さん（私より年長者がいたので呼び捨てにはしません）のほとんどが働いていました。職種は看護師、パティシエ、大工、美容師、整備士などなど、職場も大規模な工場から小売店、役所などなど、多種多様です。

生徒さんから仕事の話を聞くのが好きでした。私の知らない知識や技能の話にはわくわくしました。

初めて職に就いて一人前の職業人に成長する姿も感動的でした。

働きながら学ぶ人たちの学校生活は、一人一人のペースが違います。働く（生きる）ペースが違うからです。だから全日制のように「さあ、みんなで一斉に」とはいきません。

職場を訪問すると、作業着や制服で働く姿を目にすることがあります。たくましく、まぶしく見えます。働く姿は人と人の距離を縮めることに気付きました。

十五、六歳の若者が働いて得た給料で授業料を納める。実家の家計や弟妹の学費を援助している人もいる。大学卒業まで親がかりだった自分を恥ずかしく思いました。

私は定通制の生徒さんと接することで、ぶれずに教師の道を歩むことができました。

また、「生徒を指導する」とは「生徒を守る」ことだと知りました。

（２０２３年８月１０日）

「移住」

私の両親は９０年ほど前、昭和の初めに臼杵に移り住みました。木造船に必要な鉄工設備の工場を開業するに適地と考えたようです。

今風で言うと移住者ですが、その頃はよそ者と呼ばれました。当時はどこの町もそうでしたが、特に旧城下町では、新参者は簡単に受け入れてはもらえません。

例えば、土地で育った者同士は「〇〇ちゃん」と呼び合いますが、兄や姉はしばらく「〇〇君」「〇〇さん」でした。

また、家には住み込みの職人さんたちもいて食料などの購入はかなりな金額でしたが、掛け買いの通い帳は作ってもらえず支払いは現金でした。

その後、戦争末期の隣組の集会や訓練に積極的に参加し、地域の成員として認められるようになりました。臼杵で生まれた私は「純ちゃん」で、８２歳の今もそう呼ばれます。

時が移り変わり、今、「わが町へいらっしゃーい」「支援、サポートは惜しみませーん」などなど、国中「移住」の大合唱です。国策でもありますが、自分のライフスキルを持っている人には移住は当たり前になったようです。

私はこれまで移住を考えたことはありません。

ただ、人生最大にして最後の、命あるものが絶対に逃れられない移住（これを移住と言うは不謹慎か）が待ち受けています。

その行き先は、霊魂はそれぞれの生命観や宗教観などで違っても、肉体は地球に、やがてはるかな宇宙に帰っていくのでしょう。

（２０２３年９月１４日）

月

今年、わが家のテーブルにムーンカレンダーがお目見えしました。インターネット通販で見かけて、面白がりの私が早速取り寄せたものです。1月も半ばだったので、送料込み600円のバーゲン価格でした。縦20チセン、横15チセンの卓上型です。ひと月ごとにめくると、日付と日ごとに変化する月の形が印刷されています。眺めるうちにホンモノに会いたい気分に。で、つい外に出て空を見上げる。これまで私の日常になかったことです。

今や、私と月は友達です。私にうれしいことがあってご機嫌だと「その幸せ、続くといいね」、しょぼんとしおれていると「元気出せよ」などと寄り添ってくれます。

月といえば、中学生の頃臼杵港を散歩中、赤い月に出合いました。赤といっても暗い赤。真ん丸で、でかい月が「今、昇ったばかり」という風情で、東の方向（津久見島の右手）の臼杵湾に、普段の景色のように静止していました。美しいというより、なまめかしい。思春期の少年には刺激的でした。

はからずも海からぬっと赤い月
赤い月抱かれて過去を手繰り寄せ

（60年前、赤い月を思い起こして詠んだ自由律俳句です）

冒頭のカレンダーですが、すでに来年のものを求めました。遠方の、長く会っていない友人たちにも送りました。

もしかして、同じ日の夜、同じ月を眺めることがあるかもしれない、なんて思い描いて。

（2023年10月19日）

老害

「高齢者は老害化する前に集団自決、集団切腹をすればいい」「高齢化が進む日本社会での解決策として、安楽死の議論をすることが必要」

これ、アメリカの某有名大学の、日本人経済学者の発言です。彼は、社会の、特にリーダーの世代交代を推し進めなければ、日本の成長、未来はない、また、現行の高齢者のための国の施策が若者世代の働く意欲をそいでいるという危機意識をお持ちです。

現代版「うば捨て伝説」です。でも、この提言には、戦後を底辺で支えた多くの国民の思いが欠けています。それに、私たち老人の多くは自立して生きようと努力しています。

何より、自分の死については自分で考えたい、と思っています。

それより、私が注目したのは「老害」という言葉です。今やごく普通に使われているようです。内館牧子の小説「老害の人」がベストセラーだったり、お笑いの世界では「老害マックス」という4人組が受けているらしい。

確かに人や物事を決めつける老人はいます。固定概念に縛られた老人もいます。特に各界のリーダーに多い。でもそれは年齢のせいじゃない。生まれつきの性格です。

われわれ老人は、はみ出し者、厄介者ではありません。生き抜いた知恵があります。

この、人工知能（ＡＩ）による大変革の時代に、老人だ、若者だと互いを分断するより、望ましい未来をつくる同志として力を合わせるべきだ、と私は考えます。

（２０２３年１１月２１日）

笑顔の幸せ

米大リーグの大谷翔平選手がホームランを打ちました。球場の誰もが笑っています。テレビを見ているファンも笑っています。私も笑っています。幸せな気分です。

私は「すごい」「胸にジーンときた」と感じると、笑い出す癖があります。見る、聞く、味わうなどの五感が感嘆、仰天したときです。

机上に牧野富太郎の石版印刷の植物画集があります。あっと驚くアートです。見るほどにその精緻な美に笑いが込み上げてきます。

山や川や海の素晴らしい眺め、巧みな語り口と文章の小説、心が熱くなる音楽、風味豊かな料理などは、どこかに人を笑顔にするゆとりがあり、満ち足りた気分にさせます。

そういえば、わが町臼杵は小さな町ですが、立ち止まり、目をやり、耳を澄ますと、一本の路地にもほほ笑みを誘う発見があります。

私の家は海の近くにあり、時々車庫にフナムシが迷い込みます。走る姿が健気(けなげ)でつい「がんばれ」と声をかけます。その時の私のゆるゆるの笑顔。励まされているのは私の方です。笑顔は万国共通の幸せです。

振り返れば友人、知人、教え子、それに読者の皆様から、たくさんの笑顔を頂きました。運のいい人生です。

何よりもカミさんや家族のほほ笑みは、度々の病の不安を和らげる「純」な力となりました。

ただただ、感謝です。

私の「灯」は今回で終わります。ご愛読ありがとうございました。

（２０２３年１２月２７日）

著者
徳永純二（とくなが　じゅんじ）
1941 年　大分県臼杵市に生まれ、現在も居住
1964 年　教職に就き、大分県下の高等学校に勤務
2002 年　定年退職

同人誌「航跡」同人

著書
「定年退職をして、毎日何をしていますか？」
「六十五歳、ぼくは老人になった」
「老人と、話そ」（以上、彩図社）
「老人が、つぶや句」（V2 ソリューション）
「徳永純二自由律句集 酒二合」（リーブル出版）
「徳永純二同人誌『航跡』作品集」（私家版 限定出版）

「note　徳永純二」のご案内。
note というプラットフォームに、コラム・自由律俳句・小説などを投稿しています。検索してお越し下さい。無料です。

私の灯

2024 年 9 月 30 日　初版　第一刷発行
著者　徳永 純二
発行者　谷村 勇輔
発行所　ブイツーソリューション
〒466-0848 名古屋市昭和区長戸町 4-40
電話　052-799-7391
ＦＡＸ　052-799-7984
発売元　星雲社（共同出版社・流通責任出版社）
〒112-0005 東京都文京区水道 1-3-30
電話　03-3868-3275
ＦＡＸ　03-3868-6588
印刷所　藤原印刷
万一、落丁乱丁のある場合は送料当社負担でお取替えいたします。
小社宛にお送りください。
定価はカバーに表示してあります。

ISBN 978-4-434-34581-4